Bernardo Guimarães

Adaptação: Paulo Seben
Revisão técnica: Pedro de Moraes Garcez
Supervisão: Luís Augusto Fischer

A Escrava
Isaura

Versão adaptada

L&PM
EDITORES

Coleção
É só o Começo

Texto de acordo com a nova ortografia

> **NOTA EDITORIAL**
> Esta edição foi baseada na versão integral do texto de Bernardo Guimarães. Tomando como exemplo edições de clássicos adaptados em outras línguas, como é o caso da Penguin inglesa, nesta edição o texto também foi reduzido, e a linguagem foi adaptada para um público específico, o de neoleitores, segundo critérios linguísticos (redução do repertório vocabular, supressão ou mudança de pronomes, desdobramento de orações, preenchimento de sujeitos etc.) e literários (desdobramento de parágrafos, eventual reordenação de capítulos e/ou informações, ênfase na caracterização de personagens etc.) que visam oferecer uma narrativa fluente, acessível e de qualidade. Esta edição foi concebida para o público leitor adulto com pouca experiência de leitura e para o leitor escolar até a 8ª série.

Concepção e coordenação do projeto: L&PM Editores
Equipe editorial: Ivan Pinheiro Machado, Paulo de Almeida Lima, Lúcia Bohrer, Vera Shida e Caroline Chang
Adaptação para neoleitores: Paulo Seben
Leitura crítica: Homero José Viseu Araújo e Maria Carmen Barbosa
Revisão técnica: Pedro de Moraes Garcez, Paulo Coimbra Guedes e Rosa Maria Bueno Fischer
Supervisão: Luís Augusto Fischer, Nilton Bueno Fischer e Jaqueline Moll
Capa e projeto gráfico: Marco Cena/Cena Design
Revisão final: Jó Saldanha, Renato Deitos e Lia Cremonese
Ilustrações: Edgar Vasques
Mapas: Fernando Gonda

ISBN 978-85-254-1286-7

G963e Guimarães, Bernardo Joaquim da Silva, 1825-1884.
       A escrava Isaura / Bernardo Joaquim da Silva Guimarães; adaptação de Paulo Seben ... / et.al./ -- Porto Alegre: L&PM, 2016.
       64 p. ; 21 cm. -- (Coleção É só o Começo)

       Adaptação resumida para principiantes.

       1.Ficção brasileira-Romances. 2.Seben, Paulo, adaptador. I.Título. II.Série.

       CDD 869.93
       CDU 869.0(81)-3

Catalogação elaborada por Izabel A. Merlo, CRB 10/329.

© Newtec Editores, 2003

Todos os direitos desta edição reservados a L&PM Editores
Rua Comendador Coruja, 326, – Bairro Floresta
90.220-180 – Porto Alegre – RS – fone: (51) 3225.5777
www.lpm.com.br

Impresso no Brasil
2016

Este livro que você tem nas mãos é um convite. Um convite para viajar através de histórias de homens e mulheres que tiveram ideias e ideais, que amaram e sofreram, como você e todos nós. São homens e mulheres inventados a partir da observação da realidade, pela imaginação do escritor.

Você está sendo convidado a caminhar com esses personagens e a compreender os dramas que eles viveram, as escolhas que fizeram para encarar a vida. Pode ser que em alguns momentos você encontre semelhanças com algo que você já viveu ou sentiu; em outros momentos, tudo pode parecer novidade, porque esta história acontece num tempo bem diferente do nosso.

Sugerimos que você mergulhe na história, imagine o cenário e a época dos fatos narrados. Você pode se colocar no lugar dos personagens ou simplesmente acompanhar a história, para entender os destinos dessas vidas.

O texto que você vai ler foi adaptado para uma linguagem mais simples, para você ler com mais facilidade. Para ajudar, aparecem ao longo do texto algumas notas históricas, geográficas e culturais. Você também vai encontrar, depois da narração, ideias para pensar, conversar, debater, escrever. E ainda sugestões de outras leituras, de filmes e até de sites na internet.

Nosso maior desejo é que você leia e goste de ler. Que discuta as ideias do livro com amigos, colegas, professores. Que você aproveite e conte esta história para alguém. Ou que simplesmente experimente o puro prazer de ler.

Que este livro seja seu companheiro no ônibus ou no metrô, indo para a escola ou para o trabalho, em algum momento de descanso na sombra de uma árvore, em casa ou no banco da praça. E que ajude a construir na sua imaginação outras histórias.

Boa leitura. E que esta viagem seja só o começo de outras!

ÍNDICE

Sobre *A escrava Isaura* / 5
Personagens da história / 6
Locais da história / 6
A escrava Isaura / 7

    Capítulo 1   O triste canto da escrava / 7
    Capítulo 2   O passado de Isaura / 10
    Capítulo 3   Começa o assédio / 14
    Capítulo 4   A ameaça de Leôncio / 17
    Capítulo 5   A paixão do jardineiro monstruoso / 18
    Capítulo 6   A compra da liberdade / 22
    Capítulo 7   Conversa na senzala / 24
    Capítulo 8   Um casamento em crise / 27
    Capítulo 9   A fuga / 29
    Capítulo 10   Festa no Recife / 32
    Capítulo 11   O triunfo de Elvira / 34
    Capítulo 12   O primeiro e único amor de Isaura / 36
    Capítulo 13   O caçador de escravos / 38
    Capítulo 14   A revelação / 40
    Capítulo 15   Álvaro protege Isaura / 42
    Capítulo 16   A chegada da polícia / 44
    Capítulo 17   Um vilão sinistro / 45
    Capítulo 18   Os injustos direitos de Leôncio / 46
    Capítulo 19   Vingança cruel / 48
    Capítulo 20   Casar com o monstro ou morrer / 51
    Capítulo 21   A salvação / 53
    Capítulo 22   Livre para a felicidade / 56

Depois da leitura / 60
Para pensar / 61
Para saber mais / 63

SOBRE A ESCRAVA ISAURA

Isaura é uma jovem e bela escrava, de pele branca, filha de uma escrava mulata e de um feitor português. Nascida numa fazenda de café no interior do Rio de Janeiro, Isaura, após a morte da mãe, passa a viver protegida pela senhora da casa, a esposa do comendador Almeida, que dá uma excelente educação a ela. Quando a velha senhora morre, Leôncio, filho dela e do comendador, insiste em tentar seduzir a escrava, que resiste de todas as maneiras. Contrariado, Leôncio parte para castigos e ameaças de violência. Por isso, Isaura foge com o pai para a cidade do Recife, onde ela se apaixona por Álvaro, moço rico e abolicionista. Também apaixonado por Isaura, Álvaro tenta proteger a amada da perseguição de Leôncio. Mas Leôncio viaja ao Recife e consegue trazer Isaura de volta para a fazenda. Quando Isaura, pressionada por Leôncio, está a ponto de se submeter, Álvaro chega à fazenda, e então ocorre o desenlace da história.

A ação de *A escrava Isaura* transcorre no início do reinado de Dom Pedro II, na década de 1840. Quando o romance foi publicado, em 1875, o Brasil ainda vivia sob o reinado de Dom Pedro II, e a economia da nação ainda dependia do trabalho escravo e das plantações de café.

BERNARDO GUIMARÃES — Bernardo Guimarães nasceu em Ouro Preto, Minas Gerais, em 15 de agosto de 1825. Depois de estudar em Minas, matricula-se em 1847 na Faculdade de Direito de São Paulo, onde será colega de Álvares de Azevedo, poeta romântico. Em 1852, forma-se em Direito e publica o primeiro livro, de poesias, *Cantos da solidão*. Depois de escrever em jornais do Rio de Janeiro, assume o cargo de juiz municipal de Catalão, em Goiás. Em 1867, regressa a Ouro Preto, casa-se e chega a ser professor de Retórica e Poética, tarefa a que não se dedica muito. No ano de 1869, inicia a carreira de romancista, com *O ermitão de Muquém*. Em 1872, publica *O seminarista*, livro famoso que discute o celibato clerical. *A escrava Isaura* é de 1875. Bernardo Guimarães morreu em 10 de março de 1884.

PERSONAGENS DA HISTÓRIA

CASA-GRANDE
Isaura — Escrava de dezessete anos, de pele branca, criada na casa-grande e educada como uma dama pela esposa do comendador Almeida.
Leôncio — Jovem fazendeiro gastador e de mau caráter. Apesar de casado com a bela Malvina, faz de tudo para seduzir Isaura.
Malvina — Esposa de Leôncio, prometeu para a sogra cuidar de Isaura, que se torna sua mucama e melhor amiga, até que descobre a paixão do marido pela escrava.
Comendador Almeida — Proprietário da fazenda, mima demais o filho Leôncio. Violentou Juliana, mãe de Isaura.
Esposa do comendador Almeida — Criou Isaura como filha. Queria deixar como herança para a escrava a liberdade e uma boa quantia em dinheiro.
Henrique — Irmão de Malvina e amigo de Leôncio, é um estudante jovem e impetuoso que se interessa por Isaura.
Miguel — Português honesto, pai de Isaura, tinha sido feitor no tempo do comendador Almeida, mas foi demitido por proteger Juliana e por ter com ela uma filha.

SENZALA
Rosa — Mulata quase branca, sensual e maledicente, quer tomar o lugar de Isaura na casa-grande e ser amante de Leôncio.
André — Pajem de Leôncio, é um mulato metido a conquistador, que anda bem-vestido e tem sempre moedas nos bolsos para encantar as escravas.
Tia Joaquina — Velha escrava que conhece as histórias da fazenda.

RECIFE
Álvaro — Rapaz riquíssimo, de 25 anos de idade. Tem caráter exemplar, é filho único e órfão. Abolicionista, apaixona-se pela desconhecida e pobre Elvira.
Elvira — Nome de Isaura no Recife.
Anselmo — Nome de Miguel no Recife.
Dr. Geraldo — Advogado bem-sucedido, é o melhor amigo de Álvaro. Conservador, ele é mais velho e contrabalança os impulsos de Álvaro.
Martinho — Estudante de Direito, muito mais velho do que os colegas. Pretende ficar rico com a recompensa oferecida por Leôncio para quem devolver Isaura.

LOCAIS DA HISTÓRIA

Fazenda de Campos, no Rio de Janeiro — Grande e bonita fazenda, às margens do rio Paraíba do Sul, perto da vila de Campos, província do Rio de Janeiro. É constituída por casa-grande, senzala, galpões, matas e cafezais. Os diálogos mais importantes da história acontecem no salão da casa-grande.
Casa-grande — Luxuosa, com peças interligadas. Destaca-se nela o salão com piano, no andar superior.
Galpão das fiandeiras — Feito de tijolos, sem forro. Lugar onde as escravas trabalham em teares, fazendo fios e tecidos.
Quarto isolado — Peça localizada na senzala, com correntes e algemas presas às paredes para punir escravos.
Mansão de Álvaro, no Recife, capital de Pernambuco — Grande e luxuosa, com vários salões ricamente decorados. Local de muitas festas narradas na história.
Casa de Elvira (Isaura), no Recife — Chácara pequena e simples, em local retirado da cidade, à beira-mar.
Corte Imperial — Sede do Império do Brasil, situada na cidade do Rio de Janeiro.

A Escrava Isaura

Capítulo 1
O TRISTE CANTO DA ESCRAVA

Foi nos primeiros anos do reinado de Dom Pedro II, numa fazenda nas margens do rio Paraíba, perto de Campos, na província do Rio de Janeiro. Era antes do pôr do sol de uma tarde de outubro, e a brisa mexia as folhas das árvores. Com o clarão do sol nas vidraças, a **casa-grande** parecia pegar fogo, mas em volta o silêncio reinava. Só as janelas abertas indicavam gente em casa. Era possível ouvir um piano e uma voz de mulher que cantava no salão. A voz era apaixonada, a cantora tinha talento, e a canção parecia o gemido de uma alma sofredora:

> No tempo da Colônia e do Império, a *casa-grande* era a moradia dos senhores, donos de fazendas ou de engenhos de açúcar. A senzala era a casa dos escravos.

Já nasci a respirar
Os ares da escravidão;
Como semente lançada
Em terra de maldição,
A vida passo chorando
Minha triste condição.

Os meus braços estão presos,
A ninguém posso abraçar,
Nem meus lábios, nem meus olhos
Não podem de amor falar;
Deus me deu um coração
Somente para penar.

No ar livre das campinas
Solta perfumes a flor;
E também em liberdade
A brisa canta o cantor;
Só para a pobre cativa
Não há canções, nem amor.

Cala essa boca, pobre cativa;
Tuas queixas crimes são;
É uma afronta esse canto,
Que diz da tua aflição.
A vida não te pertence,
Não é teu teu coração.

 Os cabelos da cantora eram negros, a cor da pele era clara como as teclas do piano. O queixo de verdadeira dama realçava o busto maravilhoso. Os caracóis dos cabelos escorriam pelos ombros e escondiam quase todo o encosto da cadeira. O rosto, voltado para a janela, refletia a luz do sol. Mas o olhar se perdia no vazio.
 A simplicidade das roupas destacava os encantos da pianista. O vestido de chita desenhava o corpo magro e a cintura delicada. O único enfeite era uma pequena cruz escura presa no pescoço com fita preta.
 No fim da canção, a moça ficou com os dedos sobre o teclado, como se ainda escutasse os últimos sons.
 Uma outra jovem tinha entrado no salão. Era também uma dama elegante, encantadora mesmo, que mostrava bondade de coração nos grandes olhos azuis.
 Malvina se aproximou e esperou o fim da canção.
 — Isaura!... — disse ela, pousando de leve a mãozinha sobre o ombro da cantora.

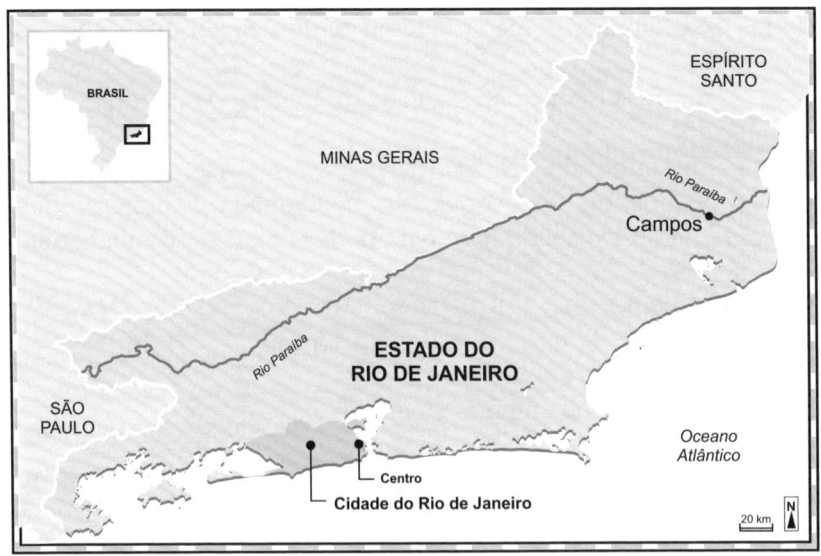

O estado do Rio de Janeiro com a cidade de Campos.

— Ah! é a senhora?! — se assustou Isaura. — Não sabia que estava aí me escutando.
— Continue a cantar... Mas por que essa canção tão triste?
— Acho bonita e... é melhor nem falar...
— Fale, Isaura. Já disse para você não ter medo de mim.
— Faz lembrar minha mãe, que eu nem conheci... Mas se a senhora não gosta, não canto mais.
— Não gosto mesmo, Isaura. Vão pensar que você é maltratada, que é uma escrava infeliz. E a vida que você tem aqui é de dar inveja a muita gente livre. Você recebeu uma educação que muita dama rica não teve. É bonita e tem essa cor tão linda, ninguém diria que tem sangue africano. E você sabe que eu vou sempre respeitar o pedido da falecida minha sogra, aquela santa mulher, para cuidar de você. Afinal, sou mais sua amiga do que sua senhora. Não, essa cantiga chorosa não fica bem na sua boca.
— Mas, senhora, com tudo isso, será que eu deixo de ser escrava? Essa educação e essa beleza me servem para quê?... São como objetos de luxo numa senzala.
— Você se queixa da vida, Isaura?
— Eu não, senhora. O que eu quero dizer é que, apesar de

todos esses dons que dizem que eu tenho, eu sei qual é o meu lugar.

— Ah, já sei por que essa canção. Decerto você tem algum namorado.

— Eu, senhora?!... Nada disso!

— Vamos, confesse: você está apaixonada. É por isso que lamenta não ter nascido livre para poder amar e ser amada pelo moço.

— Perdão, **sinhá** Malvina, a senhora está enganada. Longe de mim pensar nisso!

— Você não me engana, mocinha!... Você está amando e é muito linda e prendada para querer um escravo. Só se fosse um escravo como você, e isso eu duvido que exista. Uma menina assim pode conquistar o amor de qualquer moço bonito. Mas não fique aflita, Isaura; eu prometo que amanhã mesmo você fica livre. Deixe Leôncio chegar. É uma vergonha uma moça como você ser escrava.

> *Sinhá* era uma das formas de tratamento usadas pelos escravos para as senhoras das fazendas.

— Deixe disso, senhora. Eu não penso em amores e muito menos em liberdade. É que às vezes eu fico triste à toa, sem motivo...

— Não importa. Eu é que quero ver você livre.

Nisto, Malvina e Isaura ouviram cavaleiros chegando e correram para ver quem eram.

Capítulo 2
O PASSADO DE ISAURA

Eram dois moços, belos e elegantes, que chegavam da vila de Campos. Um era Leôncio, o marido de Malvina, e o outro era Henrique, o irmão dela.

Leôncio era filho único do rico **comendador** Almeida, o dono da fazenda, que já estava bastante idoso e doente. Desde o casamento do filho, um ano

> *Comendador* é aquele que tem um título (uma comenda), uma condecoração, uma distinção. A comenda trazia ao dono muitos benefícios e até renda.

antes, o velho tinha deixado para Leôncio a administração da propriedade, e vivia na **Corte**, procurando distração. Mimado desde criança, Leôncio tinha sido mau aluno e criança rebelde, passando de colégio em colégio, sempre protegido por ser filho do poderoso comendador. Enjoou da Medicina logo no primeiro ano e foi estudar Direito. Ali, depois de gastar boa parte da fortuna do pai em vícios e festas, se aborreceu também com as leis e concluiu que **só a Europa servia**. Escreveu para o pai, e o velho mandou o rapaz para Paris. Instalado no luxo, Leôncio não aparecia em aulas, museus ou bibliotecas. Vivia bancando o conquistador nos lugares da moda. Depois de alguns anos na França, o rapaz tinha gastado tanto que o comendador teve que trazer o único filho de volta, para evitar a ruína.

A *Corte* era a cidade do Rio de Janeiro, sede do governo português desde 1808 e, depois da Independência do Brasil em 1822, do Império brasileiro.

Era costume, na época, os filhos dos ricos estudarem Direito ou Medicina, de preferência na Europa.

O Brasil, a Europa e a África.

Leôncio chegou da Europa um perfeito **dândi**, trazendo muita vaidade e a cabeça vazia. O pai lembrou que Leôncio já tinha 25 anos e precisava ter uma carreira para ao menos manter a fortuna da família. O rapaz optou pelo comércio, mas tinha nojo do balcão de loja. Para ele, só serviam as altas operações bancárias.

> *Dândi* é como antigamente se chamava o homem elegante, bem-vestido, conquistador, quase sempre de família rica. É o "almofadinha", o "mauricinho" de hoje em dia.

O pai, porém, não quis confiar nesse filho que até ali só tinha mostrado talento para gastar dinheiro. Tratou logo de arranjar um casamento vantajoso. Leôncio achou que o casamento era o meio natural de ter dinheiro para esbanjar, já que o pai não ia mesmo montar um negócio para ele.

Malvina, a formosa filha de um riquíssimo negociante, amigo do comendador, era a noiva destinada a Leôncio por acordo dos pais. A família do comendador foi à Corte; os moços se viram, se gostaram e casaram, tudo em poucos dias.

Pouco tempo depois do casamento, Leôncio perdeu a mãe. A boa senhora não tinha sido feliz com o marido, homem seco e frio. Para piorar, tinha perdido todos os outros filhos quando eles ainda eram crianças. Só tinha sobrado Leôncio. Ela lamentava não ter uma filha mulher, para companhia na velhice. O destino, porém, ofereceu uma compensação: uma criatura frágil veio servir de consolo para os desgostos que o marido causava.

Tinha nascido na casa uma escravinha, Isaura, filha de Juliana, uma linda mulata, e de Miguel, o **feitor** da fazenda naquela época. Desde bebê, a criança atraiu o carinho da boa velha. Antes de Isaura nascer, Juliana tinha sido por muito tempo a **mucama** favorita da velha senhora.

> *Feitor* era uma espécie de capataz que administrava a fazenda e os escravos, de acordo com as ordens dos senhores.

Sem-vergonha, o comendador deitava com todas as escravas e quis a mucama. Cercou Juliana até que ela não conseguiu mais resistir às ameaças e violências, e isso só aumentou o nojo que a mulata tinha dele.

> Escrava negra moça e de estimação, escolhida para auxiliar nos serviços caseiros ou para acompanhar pessoas da casa-grande.

Quando a esposa descobriu, foi tomada por um desgosto mortal e se queixou muito, até o comendador desistir de violentar a pobre escrava. Mesmo assim, o comendador decidiu se vingar. Da sala, dos serviços delicados, Juliana foi mandada para a senzala e para os trabalhos brutos da roça.

O feitor, porém, era um bom português que não tinha o coração duro do patrão. Encantado com a mulata, só dava a ela carinhos e presentes. Depois de um tempo, nasceu Isaura. O comendador ficou furioso. Demitiu o feitor e obrigou a mulata a trabalhos tão pesados que ela logo morreu. A mulher do comendador, com os olhos banhados em lágrimas, jurou pela alma da falecida Juliana que ia criar Isaura como filha.

E foi o que ela fez. A menina foi crescendo, e a senhora ia ensinando a mocinha a ler e escrever, costurar e rezar. Mais tarde, chamou professores de música, dança, italiano, francês e desenho, comprou livros e **preparou a menina com a mais fina educação.** Como Isaura era também muito inteligente, acabou superando as expectativas da boa velha, que costumava dizer:

> As mulheres da elite, diferente dos homens, eram educadas para as prendas domésticas, para as letras e para as artes. Não eram mandadas para a escola; aprendiam em casa.

— O Céu não quis me dar uma filha do meu ventre, mas em compensação me deu uma filha do coração.

O mais admirável na menina é que, apesar de mimada, ela era sempre boa com os escravos e obediente com os senhores.

O comendador não gostava nada desse capricho da esposa.

— Que louca! Está criando uma vadia, que ainda vai incomodar. As velhas, umas dão para rezar, outras, para ralhar, outras, para lavar cachorrinhos. Esta deu para criar mulatinhas princesas. É um divertimento caro, mas... que aproveite. Pelo menos, enquanto ela se ocupa, não fica me dando sermão...

Poucos dias depois do casamento de Leôncio, o comendador deixou a propriedade nas mãos do filho. Disse que já estava velho e cansado, queria passar o resto dos dias sem deveres e preocupações, vivendo de rendas, e se foi para a Corte. Mas a esposa preferiu ficar na fazenda, o que muito agradou o marido.

A nora, Malvina, apesar de rica, tinha bom coração. Logo se

afeiçoou pela cativa. Como Isaura conquistava todos à primeira vista, logo se tornou a mucama favorita da jovem senhora, que, sendo moça da capital, gostou muito de encontrar uma amiga na solidão da fazenda.

— Por que não libertam essa menina? — perguntou ela um dia para a sogra. — Uma criatura tão boa e inteligente não nasceu para ser escrava.

— Tem razão, mas eu não tenho coragem de soltar essa menina que o Céu me deu para adoçar a velhice. Libertar Isaura, para quê? Ela aqui é mais livre do que eu. Quer que eu solte a minha canarinha? Não, enquanto eu viver, quero Isaura sempre pertinho de mim. Você deve estar pensando "que velha egoísta!", mas eu não tenho muitos dias de vida. O sacrifício dela não vai ser grande. Quando eu morrer, ela fica livre, com uma boa herança.

De fato, a boa velha tentou fazer um testamento para garantir o futuro da escravinha, mas o comendador e o filho nunca deixaram. Até que um dia ela teve um ataque e morreu sem satisfazer esse desejo.

Malvina jurou sobre o cadáver da sogra que ia continuar protegendo a escrava. Isaura chorou por muito tempo a morte da velha senhora. Agora ela era escrava de senhores libertinos e malvados.

Capítulo 3
COMEÇA O ASSÉDIO

Henrique, o cunhado de Leôncio, tinha vinte anos e também era irresponsável e vaidoso. Apesar disso, era digno e tinha bom coração. Estudava Medicina e, como estava em férias, vinha a convite de Leôncio visitar a irmã. Os dois estavam chegando da vila de Campos.

> Assediar uma pessoa significa fazer cerco, insistir muito, ser inconveniente, com perguntas, propostas, pretensões. Hoje se diria que Isaura estava sofrendo *assédio* sexual por parte de Leôncio.

Pelo caminho, Leôncio ia falando para o cunhado sobre a beleza de Isaura, sem esconder a intenção de seduzir a moça.

Henrique não estava gostando muito da conversa, por causa da irmã, mas quis conhecer a escrava de beleza tão extraordinária.

Leôncio só tinha começado a prestar atenção em Isaura depois de casado, porque antes quase não parava na casa dos pais. Malvina era linda, mas ele tinha casado com ela por dinheiro e não por amor. Isaura abalou o coração do novo dono da fazenda, que sentia pela escrava um amor cego e violento. Quanto mais essa paixão crescia, mais aumentava a resistência da jovem. Mas Leôncio não desistia, pois pensava em Isaura como uma propriedade qualquer e achava que, como último recurso, sempre restava a violência.

No dia seguinte, às oito da manhã, Isaura arrumou o salão, sentou perto de uma janela e ficou bordando, esperando a hora de servir o café. Leôncio e Henrique logo apareceram e, da porta do salão, ficaram examinando Isaura.

— Então, que tal? — sussurrou Leôncio. — Não é um tesouro? Não parece uma espanhola?

— Nada disso, é melhor: é uma perfeita brasileira!

— E que brasileira! Se fosse moça livre, esses dezessete anos iam enlouquecer muita gente. Malvina insiste para eu libertar essa escrava, diz que era a vontade da minha falecida mãe. Mas eu não sou bobo. O português que é pai dela anda por aí, querendo **comprar a liberdade da filha**. Ainda bem que o meu pai pediu tanto dinheiro por ela que eu duvido que ele consiga. Me diga, Henrique: tem dinheiro que pague uma escrava assim?

Como Isaura era filha de uma escrava, o pai precisava comprar a própria filha para que ela ficasse livre.

— Ela é mesmo encantadora. Olhe, Leôncio, pode ser perigoso para a tranquilidade doméstica, uma escrava tão linda e tão bem tratada, na sala, ao lado de minha irmã...

— Tão jovem e já moralista! — brincou Leôncio. — Mas não se preocupe: sua irmã gosta que Isaura seja vista e admirada. Ela tem razão. Isaura é um objeto de luxo, deve estar sempre exposta no salão.

Malvina chegou, risonha e feliz. O marido estranhou a alegria, e ela disse que ele podia transformar o dia numa verdadeira festa, se quisesse:

— Lembra da promessa que você me fez de libertar...
Leôncio não deixou Malvina terminar. Disse que não queria tratar do assunto na frente da própria escrava, e o casal foi para outra sala. Isaura também se levantou, mas Henrique pediu para ela esperar.

— O que deseja, senhor? — disse ela, baixando os olhos com humildade.

No começo, Henrique não conseguiu falar nada, pasmo com a beleza de Isaura, mas logo lembrou que ela não passava de uma escrava e disse, já pegando na mão da moça:

— Mulatinha, você é feiticeira. Minha irmã tem razão. É pena uma menina tão linda ser escrava. Se você tivesse nascido livre, ia ser a rainha dos salões.

— Está bem, senhor — respondeu Isaura, se livrando da mão de Henrique —, se é só isso, posso ir embora?

— Espere! — insistiu Henrique. — Já que você vai acabar sendo de algum homem, tanto melhor que seja eu, o irmão da senhora da casa.

— Ah, senhor Henrique! — respondeu a menina, aborrecida.

— O senhor não fica com vergonha de dizer essas coisas para uma escrava da sua irmã? Isso não fica bem. Com tanta moça bonita para o senhor ir atrás...

Depois de muitas promessas inúteis, ele tentou dar um abraço na moça.

— Senhor Henrique! — gritou ela, fugindo. — Me deixe em paz!

— Por piedade, Isaura! Não fale alto! Um beijo só, e eu vou embora...

— Se o senhor continuar, eu vou é gritar mais alto.

— Não se zangue assim, minha princesa! — exclamou Henrique, um pouco irritado com a resistência.

— Olhe lá, senhor! — gritou a escrava, já impaciente. — Não me bastava o senhor Leôncio, agora vem o senhor também!

— Como? O quê? Ele também? Bem que eu estava adivinhando! Que vergonha! Mas, o Leôncio, você decerto escuta, não é?

— Tanto quanto escuto o senhor.

— Certo, Isaura, porque você deve lealdade à senhora Malvina. Mas, comigo, é diferente. Por que você é cruel desse jeito?

Henrique tentava ainda abraçar a escrava e roubar dela um beijo.
— Ora vejam só! — gargalhou Leôncio.
Henrique se virou, assustado. Leôncio estava em pé, de braços cruzados, e ria dele.
— Muito bem, senhor meu cunhado! — disse Leôncio com ironia. — Está pondo em prática as lições de moral! Indo atrás das minhas escravas! Muito que você respeita a casa da própria irmã!
— Ah, maldito! — resmungou Henrique. Queria avançar a socos no cunhado, mas sentiu que era melhor devolver a ironia:
— Perdão, meu cunhado! Não sabia que a joia do salão merecia tanto cuidado a ponto de você andar espionando. Você cuida mais dessa moça do que da própria mulher. Pobre de minha irmã! Como é que não percebe o marido que arranjou?
— O que você está dizendo, rapaz? — gritou Leôncio, ameaçador. — Repita!
— Isso mesmo que o senhor acaba de ouvir — respondeu Henrique com firmeza. — Minha irmã vai ficar sabendo disso.

Enquanto Henrique se retirava, Leôncio se arrependia de ter provocado o rapaz. Ele não tinha certeza se o cunhado sabia que ele já andava cercando a escrava. Leôncio tinha falado sobre isso, mas não o bastante para Henrique fazer uma acusação contra ele diante da esposa. Isaura devia ter dito alguma coisa.

— Maldição! Aquele maluco é bem capaz de contar tudo para Malvina.

Então, deu com os olhos em Isaura, que tinha se encolhido num canto da sala e assistido à discussão dos dois moços. Ela estava com raiva de si mesma por ter deixado escapar aquela revelação. Aquilo ia causar grande discórdia na casa-grande, e a vítima ia acabar sendo ela mesma.

Capítulo 4
A AMEAÇA DE LEÔNCIO

— Ainda aí, Isaura? Muito bem — disse Leôncio para a escrava, que tremia no cantinho do salão. — Você anda bem adiantada em amores! Ouvindo gracinhas daquele rapaz...

— Tanto como ouço as que o senhor me diz, pois não tenho outro remédio. — Mas você disse alguma coisa para aquele irresponsável, Isaura?

— Eu?! — a escrava se perturbou, mas jurou que não tinha dito nada.

— Ah, Isaura, tenha cuidado. Tenho sido paciente com essa resistência, mas não vou tolerar que você me engane na minha casa, quase na minha frente, e muito menos que espalhe o que acontece por aqui. Se você não quer o meu amor, evite ao menos provocar o meu ódio.

— Perdão, senhor, que culpa eu tenho se me perseguem?

— É, pelo visto, vou ser forçado a esconder você, para não ser vista e nem desejada...

Leôncio saiu para impedir Henrique de contar tudo a Malvina. Isaura ficou sozinha, sem saber o que fazer para Leôncio parar de correr atrás dela. Queria resistir até a morte, como a mãe, uma história que os escravos velhos tinham contado para ela em segredo. O futuro parecia horrível. Contar tudo a Malvina parecia a única solução, mas Isaura preferia morrer como a mãe, passando as piores torturas, do que desiludir a querida senhora.

Fora Malvina, só o pai de Isaura se preocupava com ela, mas ele não podia proteger a filha contra Leôncio. Isaura só podia chorar em segredo, e rezar.

Era por isso que Isaura cantava com tanto sofrimento aquela canção. Malvina estava enganada ao pensar em paixão de amor. O coração de Isaura ainda não era de ninguém.

Capítulo 5
A PAIXÃO DO JARDINEIRO MONSTRUOSO

Isaura queria se esconder em algum canto da casa para evitar a repetição daquelas cenas vergonhosas. Foi detida, porém, por uma figura grotesca. Era um homenzinho todo torto, de cabeça enorme, pernas curtas e arqueadas para fora, cabeludo como um urso e feio como um macaco. Não tinha pescoço, e a cabeça disforme saía de uma corcunda enorme. Mas, olhando bem, o rosto mostrava um homem bom e gentil.

Era o senhor Belchior, o antigo jardineiro da fazenda. Belchior tinha nas mãos um chapéu de palha e um enorme feixe de flores.

"Santo Deus!", pensou Isaura, "Mais um!"

— Muito bem, senhor Belchior! O que deseja?

— Senhora Isaura, eu... eu... vinha... — resmungou embaraçado o jardineiro.

— Senhora, eu? Senhora!... Também quer debochar de mim, senhor Belchior?

— Debochar da senhora?! Não, eu vinha trazer estas *froles*, se bem que a senhora já é uma *frol*...

— Olhe, se o senhor continuar a me chamar de senhora, vamos ficar de mal, e

O jardineiro Belchior dá flores a Isaura.

não aceito as suas *froles*. Eu sou Isaura, escrava da senhora dona Malvina. Ouviu, senhor Belchior?
— Mas é rainha do meu coração, e eu fico feliz de beijar esses pés. Olhe, Isaura...
— Ainda bem! Agora sim. Me chame pelo nome.
— Isaura, eu sou um pobre jardineiro, mas sei trabalhar, e já guardei muito dinheiro. Se você me quiser, como eu quero você, arranjo a sua liberdade e a gente casa. Você não devia ser escrava de ninguém.
— Muito obrigada, mas está perdendo tempo, senhor Belchior. Meus senhores não me libertam por dinheiro nenhum.
— É verdade! Que malvados! Manter no cativeiro a rainha da formosura! Mas não importa. Isaura, como eu lhe quero bem! Você não faz ideia. Quando eu molho as minha *froles*, me lembro de você com uma saudade! Isaura — implorou Belchior de joelhos —, tem piedade deste infeliz...
— Levante — interrompeu Isaura com impaciência. — E se os meus senhores acham o senhor fazendo esse papelão? Olhe... Estão aí!

De fato, de um lado, Leôncio, e de outro, Henrique e Malvina, observavam a cena.

Henrique tinha saído do salão furioso com o cunhado. Imprudente, desabafou a raiva assim que encontrou a irmã na sala de jantar.

— Este seu marido, Malvina, não passa de um miserável patife — disse, bufando de raiva. — Tenho pena de você, minha irmã... Que sem-vergonha!

Vendo a irmã assustada, Henrique se arrependeu. Era tarde: ele já tinha plantado a semente da discórdia. Tentou desconversar, oferecendo à irmã uma xícara de café. Malvina procurou se acalmar, mas tinha ficado inquieta com as palavras de Henrique.

A entrada de Leôncio interrompeu a conversa. Os três tomaram café depressa e calados. Já estavam desconfiados uns dos outros. Depois do café, seguiram em separado para o salão. Chegaram a tempo de ver Belchior aos pés de Isaura.

Leôncio espiava pela fresta das cortinas de uma saleta e não via Henrique e Malvina, parados no corredor. O dono da casa interrompeu a declaração de amor de Belchior e expulsou o

jardineiro. Avançou, então, de braços abertos para Isaura, falando com ternura e suavidade:
— Isaura, ó minha querida!
Um ai agudo e comovente ecoou pelo salão. Leôncio ficou paralisado ao avistar Malvina. Pálida, quase desmaiando, ela tentava esconder o rosto no ombro do irmão.
— Ah, meu irmão! — disse ela, quando se recuperou.
— Agora entendi tudo.
E se trancou no quarto, chorando.
Leôncio, desconcertado, ficou furioso com o cunhado. Tinha que pensar numa saída para aquela situação.
Já Isaura tinha resistido, em menos de uma hora, a três assédios. Assustada, foi se esconder nos laranjais.
Henrique não queria nem ver a cara de Leôncio. Pegou a espingarda e saiu, decidido a passar o dia inteiro caçando e ir embora na manhã seguinte.
Os escravos ficaram espantados ao ver Leôncio almoçando sozinho. Ele mandou chamar Malvina, mas ela disse estar indisposta e não saiu do quarto. Leôncio quis atirar toalha, pratos, talheres e tudo mais pelos ares, queria esbofetear Henrique, mas achou melhor se defender da tempestade com indiferença. Não podia mais esconder de Malvina os procedimentos de canalha, mas também não ia pedir desculpas.
Depois do almoço, passou em revista as roças e cafezais, coisa que raramente fazia, até o cair do sol. Voltou para casa, jantou sossegado e foi para o salão fumar um charuto, deitado tranquilamente num sofá.
Nisso Henrique chegou de volta e encontrou a irmã trancada no quarto de dormir. Estava desfigurada, com os olhos vermelhos e inchados de tanto chorar.
— Por onde você andou, Henrique? Por que você me deixou sozinha?
— Sozinha?! Até hoje você vivia sem mim na companhia do belo marido...
— Nem me fale nesse homem. Eu estava iludida...
E os dois irmãos foram ao encontro de Leôncio. Malvina, para enfrentar o marido; Henrique, para apoiar Malvina e impedir que o cunhado desrespeitasse a irmã.

Capítulo 6
A COMPRA DA LIBERDADE

Malvina estava decidida a tomar uma atitude:
— Dê um destino qualquer a essa escrava. Liberte, venda, faça o que quiser. O senhor escolhe: ou eu, ou ela.
— Mas querida, só quem pode decidir é meu pai, que é o legítimo proprietário!
— Que desculpa miserável! O comendador já entregou escravos e fazenda, e vai aceitar tudo o que o senhor fizer. Mas se prefere a escrava...
— Malvina! Não diga um absurdo desses!
— Absurdo... Dê um destino qualquer a essa moça, senão eu saio para sempre desta casa. Não quero que ela fique nem um minuto mais comigo. É bonita demais para mucama.
Henrique se meteu, a discussão esquentou, e os cunhados já iam trocar bofetões. Malvina separou os dois.
— Basta, senhores! Discutir por um motivo desses é uma vergonha. Leôncio que decida. Se ele quiser mostrar vergonha na cara, ainda é tempo. Se não, que me deixe ir embora.
— Malvina, estou pronto a fazer o que for possível para contentar você, mas meu pai não quer libertar Isaura. Ele até exigiu do pai dela uma quantia absurda, que o pobre homem nem tem como conseguir.
Nesse momento, uma voz forte e sonora chamou:
— Ó de casa!... Dá licença?
— Pode entrar — gritou Leôncio, dando graças a Deus por mandar uma visita interromper aquela situação desagradável.
Não devia festejar. O visitante era Miguel, o antigo feitor da fazenda e pai de Isaura. O recém-chegado cumprimentou Henrique e Malvina e entregou ao dono da casa uma gorda carteira de couro.
— Meu senhor, faça o favor de abrir esta carteira. Está aí a quantia exigida pelo pai do senhor para a liberdade da escrava que tem por nome Isaura.
Leôncio emudeceu. Pegou a carteira e ficou alguns instantes olhando para o teto.
— Pelo que vejo — disse por fim —, o senhor deve ser o pai...

aquele que dizem ser o pai da dita escrava. É o senhor... não me lembro do nome...

—Miguel, um seu criado.

—É verdade, o senhor Miguel. Fico feliz que tenha arranjado meios de libertar a menina. Ela merece esse sacrifício — abriu a carteira e ficou contando e recontando o dinheiro, nota por nota, tentando ganhar tempo para decidir o que fazer.

O pai de Isaura era um bom e honrado português de mais de cinquenta anos. Era franco e leal. Tinha vindo para o Brasil fugindo de perseguições políticas. Com dezoito ou vinte anos, perdeu os pais. Sozinho, teve que viver do próprio trabalho como jardineiro e horticultor. Forte e inteligente, desempenhava essas tarefas com perfeição.

O pai de Leôncio, sabendo da capacidade do homem, fez dele feitor da fazenda. Por anos, Miguel foi respeitado e querido por todos, até se apaixonar pela mãe de Isaura e ser despedido. Sofreu por não poder proteger as duas criaturas que ele mais amava, contra aquele senhor perverso e brutal. Mas teve que aceitar. Os lavradores em redor conheciam o valor que ele tinha e logo ofereceram emprego ao ex-feitor. Miguel optou pelo lugar mais próximo, para ficar perto de Isaura.

Como o comendador estava quase sempre na Corte ou em Campos, a velha dona da casa deixava Miguel ver a filhinha. Mas a morte da boa senhora acabou com todas as esperanças que ele tinha de ver a filha liberta.

Um dia Miguel venceu o ódio e o nojo e foi pedir, com lágrimas nos olhos, para o rico senhor fixar um preço para a liberdade de Isaura. O comendador concordou em entregar Isaura se Miguel trouxesse dez contos de réis em um ano. Se ele não aparecesse no prazo, podia perder as esperanças. Depois das maiores privações, Miguel tinha conseguido economizar só metade da quantia. Mas o novo patrão, sabendo da triste situação, completou a quantia, como empréstimo ou adiantamento de salários.

Leôncio, assim como o pai, achava impossível Miguel arranjar tanto dinheiro em um ano. Por isso, ficou sem saber o que fazer quando o ex-feitor apareceu. Devolveu a carteira, dizendo que não tinha autorização do pai para efetuar a venda. Por fim, pressionado por Miguel e por Malvina, foi até uma mesa e ficou pensando numa saída, enquanto fingia escrever.

Isaura apareceu e estranhou ver o pai tão alegre. Miguel explicou que estava comprando a liberdade dela. Isaura começou a beijar as mãos do português.

— Ah, meu querido pai! Como o senhor é bom! Se soubesse quantos já vieram me oferecer a liberdade hoje! Nem me atrevo a contar ao senhor o que eles desejavam em troca.

Irritado por não saber o que fazer para ficar com Isaura, Leôncio deu um murro na mesa. Malvina se voltou para dentro e perguntou:

— Já terminou, Leôncio?

Antes que Leôncio pudesse responder a pergunta, o **pajem** André, um mulato ainda jovem, entrou rapidamente e entregou uma carta com uma fita preta.

— É luto! Meu Deus! O que será! — exclamou Leôncio. Tremendo, ele abriu a carta e desabou numa cadeira, soluçando e cobrindo os olhos com o lenço.

Pajem era um rapaz ou um menino, uma espécie de acompanhante, que ficava a serviço dos senhores ou dos filhos dos senhores para várias tarefas, como trazer e levar recados. No Brasil da Colônia e do Império, em geral o pajem era um escravo.

— Leôncio, o que foi? — exclamou Malvina, pálida de susto. Começou a ler com voz entrecortada a carta que o marido atirou sobre a mesa:

"Leôncio, tenho a dar-te uma dolorosa notícia. Teu pai faleceu anteontem subitamente, vítima de uma congestão cerebral..."

Malvina não conseguiu terminar. Esquecendo tudo de repente, abraçou o marido e chorou com ele.

— Tudo está perdido, meu pai! — disse Isaura, encostando a testa no peito de Miguel.

Capítulo 7
CONVERSA NA SENZALA

Num galpão de chão batido e sem forro, vinte ou trinta escravas fiavam e teciam lã e algodão, com os filhos pequenos no colo ou brincando em redor. Uma mulatinha quase branca se destacava pelo corpo bem-feito, lábios carnudos e olhos vivos. Pareceria um rapazinho, não fossem os brinquinhos de ouro nas orelhas e os belos seios que quase saíam da camisa transparente. O nome dela era Rosa.

Uma das escravas mais velhas, tia Joaquina, dizia para as outras que agora, com a morte do comendador, elas iam sofrer ainda mais, pois Leôncio não ia querer saber de tecidos, e logo ia mandar todo mundo para a lavoura de sol a sol.

— Ele quer é café e mais café, que é isso que dá dinheiro.

Cada uma tinha uma opinião sobre qual era o trabalho pior.

— Tudo é escravidão — concluiu a velha. — Quem tem a desgraça de nascer escravo de senhor malvado vai penar sempre. Escravidão é invenção do diabo. Não vê o que aconteceu com a pobre Juliana, mãe de Isaura?

— Por falar nisso — maliciou Rosa —, essa agora pensa que é sinhá Malvina...

— Cala a boca, menina! — ralhou tia Joaquina. — Coitada de Isaura. Deus te livre de estar na pele da pobrezinha! Vocês nem sabem como a mãe dela penou! Era uma mulata, da mesma cor da Rosa, só que mais bonita...

Rosa fez uma careta de pouco caso.

— Mas isso foi a perdição da coitada! — continuou a velha. — Juliana penou até morrer. Nesse tempo o feitor era **siô** Miguel, pai de Isaura. Isso é que era feitor bom! Mas o siô Miguel gostava muito de Juliana e trabalhou até ajuntar dinheiro para livrar ela. Mas **nhonhô** tocou o feitor para fora. Juliana durou pouco: de tanto trabalho e chicotada, morreu em pouco tempo. Se não fosse a siá velha, santa mulher, o que ia ser de Isaura? Coitada! Antes Deus tivesse levado ela também!

Nhonhô, nhô, sinhô ou *siô* (que vêm de senhor), nhanhá, nhá, sinhá ou siá (que vêm de senhora) eram formas de tratamento usadas pelos escravos para os feitores, os senhores e as senhoras das fazendas.

— Por quê, tia Joaquina?...

— Porque ela vai acabar tendo a mesma sina da mãe...

— É o que ela merece — disse a invejosa Rosa. — Pensa que é melhor do que a gente só porque serve na sala.

— Que mal a Isaura te fez? Se você estivesse no lugar dela, atrevida como é, ia ser mil vezes pior.

25

Rosa mordeu os beiços de raiva, e uma voz áspera encheu o salão.
— Silêncio! Aqui só a língua trabalha? Um homem grandão, de barba grossa e preta, cara feia, foi entrando. Era o feitor. Vinha junto com André, que carregava uma roda de fiar. Isaura entrou logo em seguida.

Todas as escravas se levantaram e pediram a bênção. André colocou a roda ao lado de Rosa. O feitor chamou Isaura.

— De hoje em diante, é aqui o teu lugar. Anda logo. Pouca conversa e muito trabalho!

Sem parecer contrariada, Isaura foi preparar a roda. Ela não sabia fazer só trabalhos delicados: era tão boa ou melhor do que qualquer outra no serviço doméstico. Isaura procurava ser humilde como qualquer outra escrava, mas parecia uma senhora moça que fiava entre as escravas para se distrair.

Rosa odiava Isaura, porque Rosa tinha sido a amante favorita de Leôncio, até ser esquecida quando ele se interessou pela filha de Juliana. Como não podia se vingar do senhor, Rosa jurou descarregar todo o ódio em Isaura.

Aproveitando que Isaura estava bem ao lado, Rosa começou a provocar, dizendo que a pobrezinha devia estar triste por não estar mais no luxo, por não ter mais rapaz branco para namorar. Isaura continuou tranquila.

— Você pode dizer o que quiser, Rosa, mas eu sei que sou escrava como você. Vamos trabalhar, que é nossa obrigação, e chega dessa conversa sem graça.

Às três ou quatro horas da tarde, uma sineta chamava os escravos para jantar. Todas se foram, mas Isaura continuou a fiar.

"Ah, meu Deus!", pensava ela. "Nem aqui tenho sossego! Na sala, os brancos me perseguem. Aqui, aparece essa Rosa, que me odeia, nem sei por quê."

Ouviu um barulho na porta e viu que alguém chegava. Era o pajem, que vinha propor que Isaura ficasse com ele, agora que ela estava entre os escravos. André era um malandro. Por ser pajem, andava sempre bem-vestido, ganhava alguma moeda e assim impressionava as escravas. Mas Isaura tocou o mulato para fora, ameaçando contar tudo para o senhor.

Pouco depois de André sair, Leôncio entrou no galpão,

acompanhado pelo feitor. Vendo Isaura sozinha, aproveitou a situação.
— Francisco, leve as escravas para a colheita do café depois do jantar. Aqui elas só perdem tempo, sem render nada. Tecidos de algodão, isso eu compro em qualquer lugar.
Logo que o feitor se retirou, Leôncio foi para junto de Isaura.
— Isaura! — falou baixinho, com voz meiga e comovida.
— Senhor! — a escrava se levantou quase num pulo. Já sabia o que ia acontecer.

Capítulo 8
UM CASAMENTO EM CRISE

A morte do comendador Almeida piorou a situação de Isaura. Leôncio herdou todos os bens do pai e ficou livre para fazer o que quisesse.

Durante os dias de luto, Leôncio e Malvina não discutiram. Mas Malvina fez o irmão ficar, dizendo que ia com ele para o Rio de Janeiro se Leôncio não desse liberdade ou um destino qualquer a Isaura.

Com a desculpa do luto, Leôncio passou alguns dias trancado no quarto, sem falar com ninguém. Parecia deprimido, mas não era bem isso. Aproveitou para planejar melhor a conquista de Isaura. As dificuldades eram grandes. Ele tinha reconhecido a promessa do pai a Miguel, de **alforriar** Isaura por dez contos de réis. Miguel tinha essa quantia e agora reclamava a liberdade da filha. Leôncio também não podia negar que a falecida mãe pretendia libertar Isaura um dia. E Malvina, sabendo de tudo, exigia a imediata libertação da escrava. Mas Leôncio não se conformava com a ideia e estava disposto a passar por cima de tudo.

Alforriar ou dar alforria significa libertar oficialmente o escravo.

Isaura tinha quase perdido as esperanças desde a notícia da morte do comendador. Ela era propriedade de Leôncio, e o pai não podia enfrentar o poderoso fazendeiro. Só restava apelar para a bondade de Malvina, apesar do ciúme que a dona da casa devia estar sentindo.

Malvina não ia duvidar da inocência de Isaura... se não fosse Rosa. Depois da confusão toda, a mulatinha ficou sendo a mucama de Malvina.

— Sinhá está se fiando muito naquela sonsa. Não é de hoje esse namorico, não! Isaura se faz de inocente na frente da sinhá, mas se derrete toda para o sinhô moço.

As mentiras de Rosa desorientaram a inocente senhora, que passou a tratar Isaura com indiferença. Isaura tentou explicar que era inocente, mas foi recebida com frieza, e acabou desistindo. Mesmo assim, enquanto Malvina continuava em casa, era uma proteção contra as tentativas de Leôncio, pelo menos as mais violentas.

Por alguns dias, Malvina respeitou a dor que achava que o marido estava sentindo. Tocou no assunto outra vez, mas Leôncio deu uma desculpa, dizendo que era preciso tomar providências para o inventário antes de resolver o caso de Isaura. Malvina viu que era sonho esperar que o marido reconhecesse os erros, pedisse perdão e prometesse ser respeitoso.

— Como?! Você ainda tenta adiar a solução do problema! Isso é demais!

Leôncio, com a maior calma, disse que não era cristão abandonar a pobre moça na miséria, e que Miguel não tinha como sustentar a filha.

No outro dia, Malvina partiu para o Rio de Janeiro com o irmão, jurando nunca mais pôr os pés naquela casa e esquecer para sempre o marido. Na hora da raiva, não imaginava que o amor por Leôncio seria mais forte do que o ressentimento.

Leôncio viu com indiferença a mulher ir embora. Estava era disfarçando o prazer e a satisfação com a partida da esposa para depois fazer o que queria com a escrava tão desejada.

Quando Isaura viu a dona da casa partir, percebeu que estava entregue sem defesa aos bárbaros caprichos do rapaz.

E Leôncio mal esperou a esposa sumir por trás da última colina para procurar Isaura. Ela estava chorando, deitada no chão de um quarto escuro. Ele suplicou, se arrastou aos pés da escrava. Vendo, enfim, que nada adiantava, saiu furioso. No mesmo dia, mandou Isaura para o salão das fiandeiras. Se ela teimasse em resistir, ia ser levada dali para a roça, da roça para o tronco, do tronco para o **pelourinho**, e daí para o túmulo.

> O *pelourinho* era uma coluna de pedra ou de madeira, em lugar público, onde os escravos eram castigados. Existia na Europa também, para expor e punir criminosos diante de todos. Em Salvador, na Bahia, o Pelourinho é hoje um famoso ponto turístico, que faz lembrar a escravidão no Brasil.

Capítulo 9
A FUGA

Leôncio mal podia esperar. Quando viu que Isaura não tinha ido jantar, teve a ideia de mandar as outras escravas para o cafezal. Não que ele precisasse de desculpa para ficar a sós com ela. Podia mandar trazer a escrava por bem ou por mal. Entretanto, até uma escrava impõe respeito aos piores homens se for moça que reúne beleza, alma nobre e inteligência.

— Isaura — disse Leôncio —, agora você está nas minhas mãos.

— Sempre estive, senhor — respondeu humildemente Isaura.

— Só depende de ti: é felicidade ou perdição.

— Oh, não, senhor! Isso depende da vontade do meu senhor, somente.

— E eu desejo — disse Leôncio com doçura — tornar você a mais feliz das criaturas, mas como, se você me recusa essa felicidade que só você pode me dar?

— Eu, senhor?! Lembre da sua senhora, que é tão bonita, tão boa, e que tanto quer bem o senhor. Eu peço, em nome dela: pare de se rebaixar para uma pobre cativa, que está pronta para obedecer em tudo, menos nisso.

— Isaura, deixe de ser criança. Um dia você vai se arrepender de ter rejeitado o meu amor.

— Nunca! Eu ia trair a senhora Malvina se aceitasse as propostas que o senhor me faz.

Leôncio tentou de tudo para convencer Isaura. Prometeu dar a ela o lugar de Malvina na casa. Isaura ficou horrorizada:

— Meu senhor, trocar uma mulher bonita e fiel por uma escrava seria a mais feia ingratidão.

Leôncio perdeu a paciência.

— Vá lá que eu suporte recusas: mas me passar sermão! Com quem você pensa que está falando? Fique sabendo que você me pertence de corpo e alma. Você é minha propriedade, como um vaso, que eu posso usar ou quebrar, se quiser.

— Pode quebrar, meu senhor, mas, por favor, não queira me usar para fins impuros e vergonhosos. A escrava também tem coração, e o senhor não pode mandar nele.

— Você é escrava: o coração vai obedecer. Se não for por bem, posso fazer à força... mas para quê? Não vale a pena. Para satisfazer a sua vontade, vou entregar você ao mais horroroso dos meus negros.

— O senhor é capaz de qualquer coisa, como o seu pai, que fez minha mãe morrer de desgosto e maus-tratos. Pelo visto, vai ser o mesmo comigo. Mas não vai me faltar coragem para eu me livrar para sempre do senhor e do mundo.

— Oh — Leôncio riu diabolicamente —, que romântico! Não deixa de ser curioso numa escrava. Olhe o que dá, educar essas criaturas! Você não vai ter mãos nem pés para se matar. André — gritou —, venha cá! Me traga já aqui um tronco, para prender os pés, e algemas com cadeado.

"Virgem santa!", pensou André.

— Ah, meu senhor, por piedade! — gritou Isaura, de joelhos.

— Pelas cinzas ainda quentes do seu pai, pela alma da sua mãe, me condene ao serviço mais pesado, mas não posso fazer o que o senhor exige de mim, mesmo que tenha que morrer.

— Me dói fazer isso, mas você me obriga. Não vou perder uma escrava como você. Talvez um dia você me agradeça por eu impedir você de se matar.

— Vai dar na mesma! Vou morrer pelas mãos de um carrasco.

Neste momento, chegou André com o tronco e as algemas.

Ao ver os bárbaros instrumentos de tortura, Isaura desatou a chorar.

— Alma de minha sinhá velha do céu! Me socorra aqui na Terra!

— Isaura — disse Leôncio com voz áspera, apontando para o

tronco e as algemas —, ali está. Você tem o resto do dia para pensar. Escolha entre o meu amor e o meu ódio. Adeus!

Quando Isaura sentiu que o senhor tinha ido embora, ergueu o rosto e rezou para Nossa Senhora. Concentrada em mágoas, não viu o pai entrar escondido. Miguel perguntou por que ela estava chorando, e ela mostrou o tronco e as algemas e pediu uma faca para se matar antes de ser presa ao tronco.

— Não, minha filha, eu já previa isso e preparei uma fuga. É arriscado, mas é a nossa única chance. Os escravos estão na roça. O feitor levou as escravas para o cafezal. O senhor Leôncio saiu a cavalo com André. Vamos aproveitar. Eu já preparei tudo. Lá na beira do rio, amarrei uma canoa. Você sai primeiro, por dentro do quintal. Eu saio por fora depois, e a gente se encontra lá. Logo chegamos em Campos. Um amigo meu nos espera num navio que viaja para o Norte de madrugada. Quando nascer o dia, vamos estar longe. Vamos, Isaura.

— Vamos, meu pai... Posso ser mais desgraçada do que já sou?

Isaura e o pai fogem da fazenda de Leôncio.

Capítulo 10
FESTA NO RECIFE

Depois da fuga de Isaura, Leôncio movimentava a polícia, despachava agentes particulares para todos os lados e gastava fortunas em anúncios nos jornais de todo o país.

Enquanto isso, era noite no Recife. Na casa do rico senhor Álvaro, cavalheiros e damas da mais alta classe chegavam para uma festa. O anfitrião explicava para três rapazes a razão do evento:

— É uma estrela que vem brilhar aqui no Recife. Chegou faz três meses do Rio Grande do Sul, com o pai. Acredite, doutor Geraldo, ela é a criatura mais nobre e encantadora que eu já vi. Não é uma mulher: é uma fada, um anjo, uma deusa!

— Meu Deus! — exclamou o doutor Geraldo. — Fada! Anjo! Deusa! No fim das contas você vai ver que ela não passa de uma mulher. Ela não disse de onde veio, de que família é, se é rica?

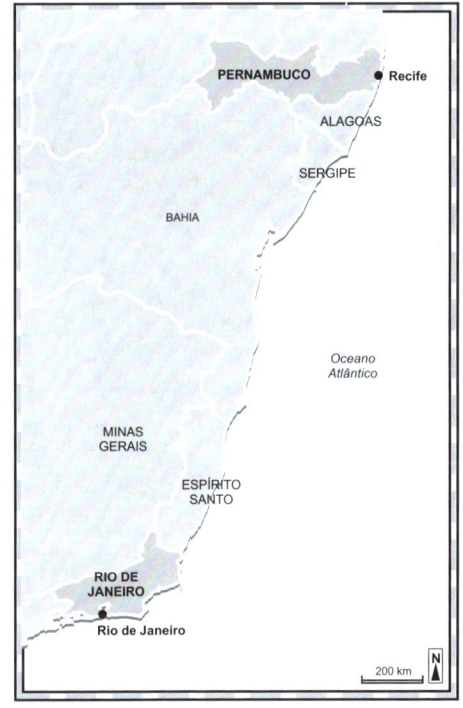

Recife e Rio de Janeiro, no litoral do Brasil.

Álvaro disse que sabia pouco sobre a jovem. Ela morava modestamente numa chácara, evitava falar com os vizinhos e aparecia poucas vezes em público. Numa ocasião, ele estava passando pela praia quando viu uma canoa encalhada com duas pessoas. Saiu em socorro, e eram a moça e o pai. Como eles estavam molhados, aceitaram a carona que Álvaro ofereceu, e foi assim que ele conseguiu ser convidado para entrar na casa. Passou então a visitar a moça todos os dias.

— E, pelo que vejo — perguntou o doutor —, você ama essa mulher. Espero que não seja uma aventureira atrás do seu dinheiro! Esse mistério...

— Quem sabe se são criminosos escondidos da polícia? — palpitou um cavalheiro.

— Eu sempre desconfio — continuou o doutor Geraldo — quando vejo uma mulher bonita em companhia de um homem que se diz pai ou irmão dela. O pai dessa fada, Álvaro, se é que é pai, pode ser um espertalhão que vive às custas da beleza da filha.

— Santo Deus!... misericórdia! — exclamou Álvaro. — Se eu adivinhasse que ela ia ser vítima de tanta maldade, não ia ter arrastado a dama para fora de casa. Mas vocês vão se encantar, vão dizer que é uma deusa.

— E como é que ela aceitou vir a este baile tão concorrido? — perguntou o doutor Geraldo.

— Faz muito tempo eu digo para ela que a beleza é para ser vista. Tudo em vão: a filha e o pai se recusavam a aparecer em público. Finalmente, eu exagerei um pouquinho: disse que aquele modo de viver começava a dar o que falar, e que até a polícia começava a desconfiar...

— E talvez a verdade seja essa — interrompeu o doutor.

— Eu disse — continuou Álvaro — que, para provar que as suspeitas eram bobagem, era preciso frequentar a sociedade. Funcionou. Mas aí estão eles... Vejam com os próprios olhos.

Álvaro se juntou aos recém-chegados, deixando os amigos. Oferecendo um braço a Elvira e outro ao senhor Anselmo, entrou com eles para onde já estava a mais numerosa e brilhante sociedade. A presença da moça causava sensação.

— Então é verdade! Que beleza deslumbrante! Que porte de rainha!

— Que olhos de **andaluza**!
— Que cabelos magníficos!
— E se veste com tanta elegância, nessa simplicidade!
— E vocês repararam — acrescentou o doutor Geraldo — no sinalzinho que ela tem na bochecha direita?

> *Andaluza* é a mulher da Andaluzia, região da Espanha onde ficam cidades como Málaga, Sevilha, Córdoba e Granada. Chamar uma mulher de andaluza é dizer que ela parece uma espanhola legítima, uma europeia de sangue latino.

Álvaro tem razão: a fada vai apagar todas as outras belezas do salão. E tem a vantagem da novidade e do mistério. Mal posso esperar para ser apresentado.

Minutos depois, Álvaro chamou os amigos para conhecerem Elvira. Enquanto isso, várias moças cobertas de sedas e joias conversavam sobre ela, mas num tom muito diferente:

— Parece que ela não é daqui.
— Você reparou na roupa? Que pobreza! A minha mucama se veste melhor.
— Álvaro disse que ela era um assombro de beleza. É bonita, mas nem tanto.
— Para ser sincera, não reparei bem. Vamos para o salão, para ver mais de perto.

E lá se foram todas, de braços dados.

Capítulo 11
O TRIUNFO DE ELVIRA

Álvaro, aos 25 anos, era filho único, órfão e dono de cerca de dois mil contos. O rosto nobre e simpático era a maior beleza do rapaz. Não tinha muita leitura, mas era muito inteligente. Quis ter profissão, mas não completou o curso de Direito: cheio de grandes ideias, preferia mais as questões políticas e sociais do que as leis. Na opinião dele, as leis se baseavam em erros e preconceitos absurdos.

Era republicano e quase socialista. Abolicionista, não ficava nas palavras. Emancipou os escravos que recebeu de herança, mas não soltou os pobres no mundo: organizou uma espécie de colônia numa das fazendas, com um administrador honesto e zeloso. Os antigos escravos arrendaram a fazenda e assim pude-

ram plantar e garantir o sustento das famílias. Até juntaram algum dinheiro para indenizar Álvaro do sacrifício com a emancipação.
   O melhor amigo de Álvaro era o doutor Geraldo. Tinha trinta anos e já era um advogado conceituado. Dono de uma inteligência firme e esclarecida, Geraldo aceitava os costumes e todos os preconceitos da sociedade. Mas essa diferença com as ideias reformistas de Álvaro só aumentava a amizade dos dois. Muitas vezes o senso prático de Geraldo equilibrava os sonhos e paixões de Álvaro, e vice-versa.
   Original e diferente como um lorde, Álvaro tinha costumes corretos e atitudes de justiça. Não deixava, porém, de amar o luxo, a elegância e, acima de tudo, as mulheres, sem ser vulgar. Com tantas qualidades, o moço era o alvo secreto de várias donzelas bonitas e ricas, mas ainda não tinha encontrado a mulher ideal.
   As pernambucanas tiveram uma terrível decepção com o interesse de Álvaro por uma moça pobre e desconhecida. Quando viram a beleza e a simpatia de Elvira, começaram a falar mal dela.
   Álvaro nem notava o que acontecia, mas a tímida e modesta Elvira se sentia mal naquele ambiente de falsidade.
   — Meu pai — dizia ela —, vamos sentar um pouco aqui sozinhos. O que eu vim fazer nesta festa? Fico tonta com este luxo, essas homenagens. Imagine se essas senhoras adivinham que eu não passo de uma miserável escrava fugida! Vamos sair daqui, meu pai!
   — Sossegue, minha filha — respondeu o velho. — Seu medo é que pode nos denunciar. Dance, cante, converse, mostre que está alegre e satisfeita. Vão pensar que é uma princesa. Mas, é verdade, não podemos mais ficar nesta terra, já suspeitam da gente.
   — Sim, meu pai! Estamos condenados a viver fugindo! Ah, meu coração parece preso a este lugar, mas vou ter de dizer adeus para sempre a... esta terra, onde tive alguns dias de prazer e tranquilidade!
   Neste momento, Álvaro achou os dois:
   — Dona Elvira, eu disse que a senhorita canta com perfeição, e todos querem ouvir.
   — Eu, senhor Álvaro! Cantar numa ocasião tão importante!?

Por favor, me poupe do vexame. Eu canto mal e vou fazer o senhor passar vergonha.
— Não posso aceitar essa desculpa. Já ouvi a senhorita cantar. Quem canta assim não deve se calar, e eu peço que cante aquela canção da escrava.
— Não pode ser outra? Essa me traz recordações tão tristes...
— Talvez por isso mesmo ela é tão linda nos seus lábios.
Não podia mais recusar. Lembrando do conselho do pai, aceitou o braço que Álvaro oferecia. Uma multidão cercou o piano. Os cavalheiros queriam saber se a voz estava à altura da beleza da mulher. As moças torciam para ver a rival derrotada. O momento era delicado e solene. Todos fizeram silêncio. Parecia que ninguém respirava. Álvaro olhava para a amada, inquieto e comovido. Elvira tinha um mau pressentimento, mas amava o rapaz e não podia desmentir o que ele tinha dito a respeito dela. Por isso, quis cantar o melhor que podia.
Sentada ao piano, a moça se sentiu outra. Lavou os lábios com as lágrimas do coração e cantou tão bem, com tanta melancolia, que as lágrimas rolaram.
Elvira tinha alcançado um triunfo colossal. O salão veio abaixo com os aplausos.
— A fada de Álvaro é também uma sereia — dizia o doutor Geraldo. — Pensei que estava ouvindo o coro dos anjos!
— É uma artista feita... Álvaro tem razão. Uma criatura assim não pode ser uma mulher ordinária, e muito menos uma aventureira...
— Dona Elvira — disse Álvaro para a protegida, sentada ao lado do pai —, lembre que me deu a honra desta dança.
Elvira se esforçou para sorrir e combater o abatimento que voltava. Tomou o braço de Álvaro, e ambos foram para o salão.

Capítulo 12
O PRIMEIRO E ÚNICO AMOR DE ISAURA

Elvira, é claro, era a escrava Isaura, assim como Anselmo era o feitor Miguel. Meses antes, desesperado, o infeliz pai tinha tentado denunciar Leôncio, pedindo a proteção das leis para a filha não sofrer as violências do senhor de escravos, mas todos disseram que ele ia acabar sendo preso e obrigado a indenizar o fazendeiro. A justiça estaria sempre a favor dos ricos, contra os pobres.

Por sorte, Miguel tinha boas relações com alguns escravos da fazenda de Leôncio. Sabendo o que acontecia com Isaura depois da morte do comendador, tratou de fugir com a filha num navio negreiro que ia para Pernambuco. Miguel, que sempre tinha vivido na roça, achou que no Recife ia poder viver com a filha em segurança, ao menos por alguns meses.

Isaura sabia que ia ser fácil para Leôncio descobrir onde ela estava, mas quis acreditar na paz que já não sentia desde a morte da madrinha. Foi levando uma vida reservada ao lado do pai. Mas essa tranquilidade só durou até ela conhecer Álvaro e sentir a primeira e única paixão que ia viver.

Contudo, Isaura vivia dividida, pensando que devia contar a verdade a Álvaro, que não era justo deixar o amor crescer no coração do rapaz só para ele se decepcionar depois. Decidia contar tudo, mas, na hora, o coração fraquejava:

— Vou ter mais um dia esta sensação falsa, mas deliciosa. Sou uma condenada, mesmo. Será que não é justo que ao menos em sonhos eu viva uma hora de felicidade?

Nessa indecisão, alguns dias passaram até que Álvaro convenceu os dois refugiados a aceitarem o convite para um baile. Miguel, apavorado com as inocentes mentiras de Álvaro, se viu forçado a aceitar o convite. Isaura não disse nada em resposta ao convite, mas Álvaro e Miguel acharam que ela tinha aceitado. Estavam enganados. Isaura se envergonhava da própria covardia e juntava forças para se livrar do disfarce.

No dia do baile, ela disse para o pai que não ia. Precisava confessar tudo a Álvaro para não ser desmascarada em público. O pai disse que mais perigoso era não ir, pois as suspeitas iam aumentar. Garantiu que ninguém ia ficar sabendo de nada e que no dia seguinte mesmo eles iam embarcar em qualquer navio, talvez para os Estados Unidos. Isaura não gostava da ideia de partir sem esperança de voltar, e sugeriu para o pai que Álvaro, ao saber de tudo, talvez pudesse ajudar.

— E quem garante? Ele pode ficar com raiva de ter sido enganado: aí vai ser o primeiro a nos denunciar para a polícia. Coragem, vamos ao baile, minha filha. Se eles não sabem quem você é, não vão se ofender. Não fizemos mal a ninguém.

Isaura sofreu só de pensar que talvez fosse embora no dia seguinte, deixando Álvaro para sempre, sem dizer adeus, sem ele saber quem ela era de verdade, nem para onde ela tinha ido. Pensou que uma última noite perto de Álvaro valia uma eternidade, mesmo que depois viessem os perigos, a escravidão e a morte.

— Vou ao baile hoje, meu pai — disse ela por fim —, mas pressinto uma desgraça.

Capítulo 13
O CAÇADOR DE ESCRAVOS

O baile continuava, mas já não tão animado e festivo. Numa saleta, estavam meia dúzia de rapazes elegantes e um pouco bêbados, a maioria estudantes. Um deles não tinha nada do romantismo de poeta que os outros imitavam. Pelo contrário, era chato e vulgar. Dez anos mais velho que os companheiros, o que mais caracterizava o tipo era a ganância. Era estudante, mas parecia mais um vendedor ambulante. Chamava-se Martinho.

Um dos rapazes sugeriu uma partida. Martinho respondeu que já ia ganhar cinco contos de réis noutro jogo. Os colegas ficaram curiosos, mas insistiram no convite.

— Ora, me deixem — disse Martinho, com os olhos no salão de dança. — Estou calculando o meu jogo... e os meus cinco contos...

Como os outros começavam a debochar, Martinho tirou um papel do bolso:

— Um anúncio de escravo fugido do Rio de Janeiro — disse — saiu no *Jornal do Comércio*.

Os rapazes deram boas gargalhadas:

— Pobre Martinho! Procurando escravo fugido em sala de baile! É aqui que vai encontrar essa gente?

— Quem sabe? — e Martinho foi para a porta que dava para o salão. Ali ficou a olhar alternadamente para os que dançavam e para o anúncio.

Martinho identifica Isaura.

— É ela! — disse Martinho, se virando para os companheiros. — É ela.

— Ela quem, Martinho?

— A escrava fugida, sim, senhores!... ali, dançando.

Martinho sentou numa cadeira e começou a ler:

"Fugiu da fazenda do senhor Leôncio Gomes de Almeida, no município de Campos, província do Rio de Janeiro, uma escrava por nome Isaura, que tem os seguintes sinais: cor clara e tez delicada como de qualquer branca; olhos pretos e grandes; cabelos da mesma cor, compridos e ondeados; boca pequena, dentes alvos e bem dispostos; nariz saliente e bem talhado; cintura delgada, talhe esbelto e estatura regular; tem na face um pequeno sinal preto e acima do seio direito um sinal de queimadura, semelhante a uma asa de borboleta. Anda vestida com gosto e elegância, canta e toca piano com perfeição. Teve excelente educação e faz boa figura. Pode passar por senhora livre e de boa sociedade. Fugiu em companhia de um português, por nome Miguel, que se diz seu pai. É natural que tenham mudado o nome. Quem prender e levar a escrava ao dito senhor, além de reembolso pelas despesas, recebe a gratificação de **5:000$000**."

Ninguém queria acreditar. Estavam surpresos. Martinho então chamou todos para junto da porta:

— Agora reparem naquela moça que dança com Álvaro. Vejam se os sinais não combinam.

> *5:000$000* são 5 mil réis. Era esse o jeito de escrever os valores em números.

39

Os rapazes ficaram espantados: tudo conferia. Mas como acreditar que uma mulher daquelas era escrava? Martinho guardou o anúncio, esfregou as mãos, pegou o chapéu e saiu.

— É espantoso! Quem diria que debaixo daquela figura de anjo se esconde uma escrava fugida?

— E quem é que nos diz que no corpo da escrava não está presa uma alma de anjo?

Capítulo 14
A REVELAÇÃO

Terminada a dança, o par atravessou a multidão, recebendo olhares de inveja e de admiração. Foram para uma sala quase deserta nos fundos do salão. Até ali, Álvaro ainda não tinha se declarado, mas o amor era cada vez mais ardente em todos os movimentos e ações do rapaz. Ele já não conseguia dominar aquela paixão e estava decidido. Quanto à origem de Elvira, nem lembrou de perguntar. Não fazia distinção de classes e, para ele, era indiferente se a amada era princesa ou filha de pescador. Sabia que Elvira era uma das criaturas mais perfeitas e adoráveis da Terra, e isso bastava.

— Dona Elvira, o meu coração já pertence à senhorita faz tempo. Sinto que o meu destino depende só da sua vontade. Possuo uma fortuna considerável, tenho boa posição na sociedade, mas não vou ser feliz se a senhorita não aceitar dividir comigo esses bens que a sorte me proporcionou.

Isaura não podia imaginar que aquilo fosse acontecer. Naquele momento, estava longe de ideias amorosas, pois notava os movimentos de Martinho. Achou que tinha sido descoberta, estava perdida para sempre. Não ouvia nem via outra coisa senão a figura de Martinho e olhava de vez em quando para ele, cheia de ansiedade.

Em tal estado, Isaura não sabia como responder à declaração de Álvaro, tão sincera e apaixonada. Antes que pudesse dizer alguma coisa, avistou Martinho entrando na sala e sentiu um calafrio mortal.

— Me desculpe, senhor, estou me sentindo mal, preciso me retirar. Se o senhor tivesse a bondade de me levar para perto de meu pai...

Álvaro não entendeu, mas notou a palidez e o suor gelado na mão de Isaura.

— E você vai me deixar sem uma só palavra de consolo e de esperança?

— De consolo talvez, mas de esperança...

Martinho interrompeu bruscamente a confidência amorosa. Álvaro, indignado, já ia enxotar o intrometido. Isaura estava apavorada.

Depois de um breve diálogo que quase acabou em discussão, Martinho foi direto:

— Meu senhor, sinto muito, mas esta senhora é uma escrava fugida!

Álvaro achou que Martinho tinha sido contratado por algum inimigo para fazer escândalo, e ofereceu dinheiro em dobro para o patife deixar Elvira em paz. Martinho se ofendeu.

— Vou repetir — gritou com todo o descaramento —, e em voz bem alta, para todo mundo ouvir: esta senhora é uma escrava fugida, e eu estou encarregado de fazer a prisão.

Isaura largou o braço de Álvaro e correu para o pai.

— Que vergonha, meu pai! Eu estava pressentindo!

Alguns amigos de Álvaro agarraram Martinho para expulsar o rapaz.

— Devagar, meus amigos, devagar! — disse ele. — Não me condenem sem primeiro me ouvir. Escutem este anúncio e, se não for verdade o que eu digo, podem me atirar pela janela.

Nesse meio tempo, a frase fatal — "Esta senhora é uma escrava!" — dita em voz alta por Martinho, ia de grupo em grupo, por todos os recantos da mansão. Convidados, criados, músicos, garçons, todos vieram. No meio de uma multidão silenciosa e pasma, Martinho leu em voz alta e sonora o anúncio de Leôncio.

— Só falta conferir se ela tem o tal sinal de queimadura acima do seio... — e Martinho estendeu a mão para o decote de Isaura.

Álvaro tomou Martinho pelo braço e empurrou o homem para longe de Isaura.

— Alto lá! — gritou Álvaro, furioso. — Escrava ou não, você não vai encostar nela essas mãos imundas!
— Não é preciso que me toquem — disse Isaura com voz angustiada. — Meus senhores e senhoras, perdão! O que este homem diz é verdade. Eu sou... uma escrava! — e desabou como uma estátua de mármore.
— Uma escrava! — as palavras percorriam a multidão boquiaberta.
Ajudados por algumas senhoras, Álvaro e Miguel socorreram a pobre moça. Martinho seguia o grupo e espiava de perto, com medo de perder a presa.
Enquanto isso, as moças frustradas que ainda não tinham ido embora se davam conta de que tinham sido trocadas por uma escrava. Logo elas, tão belas, elegantes e ricas. Mas não tardaram em recomeçar as fofocas: estavam humilhadas, mas também vingadas.
— Que tal o escravo da escrava? Com que cara não ficou o pobre homem!
— Não sai perdendo! Vai ter ao mesmo tempo mulher e cozinheira...
Já entre os rapazes a impressão era bem diferente. Poucos, bem poucos, deixavam de tomar partido pela bela e infeliz escrava.
Martinho exigia a entrega de Isaura. Álvaro, porém, se declarou fiador da escrava, prometendo entregar a cativa para o dono. Martinho quis insistir, mas foi vaiado e desistiu.
—Ah, malditos! Querem me roubar! — gritava Martinho. — Meus cinco contos!
Dizendo isso, procurou a escada e saiu rosnando porta afora.

Capítulo 15
ÁLVARO PROTEGE ISAURA

Um mês depois, Isaura e Miguel continuavam a morar na mesma chácara. Álvaro ia quase todos os dias visitar os dois e ficava horas conversando sobre como conseguir a liberdade da protegida.

Doutor Geraldo tinha viajado a trabalho na manhã depois do baile. De volta à capital um mês mais tarde, foi logo procurar Álvaro. Não encontrou o amigo em casa e imaginou que ele estava na casa de Isaura. Quando Geraldo chegou, Álvaro levou o amigo para uma pequena sala, fresca e perfumada, cheia de flores.

— Álvaro, esta é uma casa deliciosa! Não admira que você goste de passar aqui grande parte do seu tempo. Parece mesmo a gruta de uma fada. É pena que um maldito feiticeiro tenha transformado a fada em simples escrava!

Álvaro respondeu, dizendo que os acontecimentos da festa não tinham mudado o que sentia por Isaura. Geraldo se espantou, achando que Álvaro estava exagerando. O amigo sorriu:

— Geraldo, estou contente por ter decidido proteger Isaura. Expliquei o caso ao chefe de polícia e consegui permissão para que Isaura e o pai — fique sabendo que ele é mesmo o pai dela! — possam ficar em casa. Levei Isaura para prestar depoimento. Ela confessou tudo, com muita vergonha e ingenuidade: fugiu com o pai para escapar de um senhor violento, que tentava forçar a coitada a satisfazer desejos impuros. Isaura resistiu a todas as seduções e ameaças desse senhor. Enfim, fugiu, porque era a única saída.

— O motivo da fuga, Álvaro, se for verdadeiro, torna Isaura uma heroína, mas ela não deixa de ser uma escrava fugida.

Álvaro disse ao amigo que Isaura tinha direito de ser livre, pois essa era a vontade da velha senhora, a primeira proprietária. Geraldo perguntou como ele ia conseguir provas disso. Álvaro contou que tinha escrito ao senhor de Isaura, pedindo o preço para a liberdade da escrava. Isso piorou tudo. Leôncio se enfureceu e respondeu com uma carta malcriada, chamando Álvaro de sedutor e receptador de escravas. Geraldo leu a carta e concordou que Leôncio era mal-educado, mas insistiu que o homem tinha o direito de exigir a escrava que era dele. Como o amigo estava muito exaltado, Geraldo concluiu que Álvaro amava mesmo a escrava.

— Vou amar Isaura para sempre. É estranho ou vergonhoso amar uma escrava?

— Bela filosofia, mas as leis são obras do homem, e por isso são imperfeitas e injustas... Sem uma prova do direito da moça, ninguém pode fazer nada. A lei só vê no escravo um bem; não um ser humano. O proprietário é senhor absoluto do escravo, e isso só muda se ele der alforria ou vender o escravo, ou se a liberdade ficar provada na justiça. Torturas e maldades não contam.

Álvaro ficou irritado e fez juras de amor a Isaura, deixando Geraldo contrariado com o que, para ele, era uma fraqueza do amigo:

— Será isso digno da posição que você ocupa, Álvaro, se deixar dominar pela paixão por uma escrava?

Álvaro não acreditava que a sociedade ia perseguir Isaura se ela estivesse livre e casada com um homem rico, pois todo mundo respeita o dinheiro.

— E se você não conseguir a liberdade dela? — insistiu Geraldo.

Álvaro ficou sem responder. Nisso, o cocheiro veio anunciar que algumas pessoas desejavam falar com o patrão ou com o dono da casa.

— Álvaro — disse Geraldo —, é a polícia, com um oficial de justiça.

Capítulo 16
A CHEGADA DA POLÍCIA

Assim que saiu do baile, Martinho escreveu para o senhor de Isaura, comunicando que tinha descoberto a escrava. Alterou os fatos, disse que Miguel estava no Recife com Isaura para explorar a beleza da filha, e que um pernambucano muito rico, chamado Álvaro, estava apaixonado por ela e tinha impedido a prisão de Isaura. Informou que a intenção do moço rico era libertar Isaura para se casar com ela ou tomar a escrava como amante. Só ia entregar a escrava para Leôncio em pessoa.

A carta de Martinho foi para o Rio de Janeiro no mesmo navio que levava a carta de Álvaro, pedindo preço para a liberdade de Isaura. O mesmo navio devolveu a resposta agressiva de Leôncio para Álvaro e a autorização para Martinho prender pessoalmente a escrava, com uma procuração especial e algumas cartas de recomendação de pessoas importantes, pedindo a colaboração do chefe de polícia.

O chefe de polícia conferiu os documentos de Martinho e entendeu que não podia negar o que ele pedia. Deu ordem para que a escrava fosse entregue a Martinho e mandou um oficial de justiça e dois guardas efetuarem a busca.

Martinho entrou na casa, se sentindo importante:

— Vim buscar uma escrava fugida, chamada Isaura, que o senhor conserva até hoje em seu poder ilegalmente.

Álvaro ficou furioso, e Martinho ameaçou chamar os guardas. Geraldo segurou o amigo para ele não ser preso e complicar tudo ainda mais. Álvaro teve uma ideia. Pediu para conversar em particular com Martinho e propôs pagar o dobro da recompensa oferecida por Leôncio para o velhaco desistir de prender Isaura e despistar o fazendeiro. Martinho arregalou os olhos e passou a combinar com o novo cliente como enganar Leôncio. Ia dizer que não tinha achado o sinal no seio esquerdo, mencionado no anúncio, que, de dia, sem maquiagem, a mulher parecia ter uns trinta anos, e não dezessete. Não era a escrava de Leôncio.

— Vou correndo para casa escrever a carta e volto já!

— Não, vá para a minha casa, e lá o senhor recebe o combinado.

Martinho dispensou o oficial de justiça e os guardas e saiu esfregando as mãos de contentamento.

Álvaro contou então para Geraldo o trato com Martinho. Achava que tinha conseguido ganhar tempo para provar o direito de Isaura à liberdade. O advogado não achava correto o comportamento de Álvaro:

— Assim você faz por merecer a acusação de sedutor e receptador de escravos alheios.

Capítulo 17
UM VILÃO SINISTRO

Isaura percebeu que Álvaro ficou abatido e perguntou se as visitas tinham causado algum desgosto. Ele disse que não, que estava meditando sobre como fazer para Isaura ter a posição que ela merecia.

— Ah, senhor — disse Isaura —, é inútil lutar contra o meu destino. Esqueça a pobre escrava, que deixou de merecer sua compaixão quando escondeu quem era e fez com que o senhor passasse pela vergonha de...

— Mas o culpado fui eu, que forcei você a ir ao baile. Esqueça isso, eu peço. Se você me ama, eu também amo você. O que mais você quer?

— De que serve esse amor, se nem ao menos escrava do senhor eu posso ser e devo morrer nas mãos de meu carrasco?

— Nunca, Isaura! Eu dou a minha fortuna, a minha vida para libertar você desse tirano.

Para Álvaro, o pudor, a virtude e o infortúnio eram sempre coisas respeitáveis e sagradas, numa princesa ou numa escrava. A afeição do rapaz por Isaura era casta e pura como a própria moça. Ele nunca tinha feito um gesto mais ousado, nem um beijo no rosto. Só agora, pela primeira vez, Álvaro enlaçava o braço em torno da cintura de Isaura e ternamente encostava o peito ao coração da amada. Estavam distraídos na doçura do primeiro abraço de amor, quando ouviram o ruído de um carro. Logo se ouviu um estrondoso — ó de casa! Isaura foi para os fundos da casa.

Um momento depois, entrou na sala um rapaz, vestido com elegância. Mas a fisionomia era sinistra, e o olhar sombrio inspirava pavor e repugnância.

Depois de uma rápida troca de palavras, o recém-chegado percebeu que falava com Álvaro e disse com um sorriso malvado:

— É bom encontrar o senhor por aqui. Sou Leôncio, o legítimo senhor da escrava.

Capítulo 18
OS INJUSTOS DIREITOS DE LEÔNCIO

Leôncio não tinha ficado tranquilo depois de mandar as duas cartas. Corroído de ciúme, estava na Corte desde que teve notícias de Isaura, para poder tomar medidas rápidas e enérgicas. O vapor com as cartas só ia zarpar pela manhã. Será que podia confiar na capacidade e na boa vontade de desconhecidos, que talvez não pudessem enfrentar a influência de Álvaro?

Decidiu ir pessoalmente. Procurou o ministro da Justiça e pediu uma carta de recomendação ao chefe de polícia de Pernambuco. Já tinha conseguido um mandado de prisão contra Miguel e estava processando o pai de Isaura como ladrão e ocultador da escrava fugida.

No outro dia, Leôncio seguiu para o Norte no mesmo vapor que levava as cartas. Elas, porém, chegaram ao destino algumas horas antes de o autor desembarcar no Recife. Quando chegou na sala do chefe de polícia, Leôncio ficou sabendo que Martinho tinha acabado de sair dali, dizendo que a mulher não era Isaura.

Leôncio não se deu por convencido. Insinuou que Álvaro era muito rico, e o chefe de polícia ajuntou que Martinho era capaz de qualquer falcatrua. Decidiram que era melhor Leôncio verificar pessoalmente. Foi o que ele fez, sem esquecer de pedir que o chefe colocasse o "cumpra-se" no mandado de prisão de Miguel.

Álvaro não tinha remédio senão se curvar ao golpe do destino, mas ainda ofereceu mais uma vez o preço que Leôncio quisesse por Isaura:

— Não há dinheiro que pague — respondeu Leôncio. — Nem todo o ouro do mundo, não quero vender minha escrava.

— Mas isso é um capricho bárbaro, uma maldade...

— Que seja. Eu posso ter cá os meus caprichos, se não ofendo os direitos dos outros. Já o capricho do senhor ofende os meus direitos, e isso eu não posso tolerar.

— Mas o seu capricho é uma tirania, para não dizer coisa pior!

— Basta, senhor Álvaro, se deseja ter uma linda escrava para amante, procure outra e compre, porque esta já tem dono.

— Senhor Leôncio, olhe lá como fala!

— Só quero a escrava. Não me obrigue a usar meu direito de levar Isaura à força.

Álvaro não se conteve mais. Saltou da cadeira e agarrou Leôncio pelo pescoço:

— Socorro, querem me matar! — gritou Leôncio, correndo para a porta.

No mesmo momento, atraídos pelo barulho, entraram na sala Isaura e Miguel, de um lado, e o oficial de justiça e os guardas, do outro. Isaura estava ouvindo atrás da porta. Viu que tudo estava perdido e correu para evitar a loucura que Álvaro ia cometer por amor.

— Aqui estou, senhor! — foi só o que disse, de braços cruzados.

— São eles! — gritou Leôncio para os guardas. — Prendam os dois!

— Vá, Isaura, vá — sussurrou Álvaro, abraçando a cativa. — Não desanime. Eu não vou abandonar você. Confie em Deus e no meu amor.

Uma hora depois, Álvaro recebeu em casa a visita de Martinho. O velhaco vinha falando sozinho pela rua, fazendo planos para a fortuna que ia receber:

— Dez contos! Logo, logo vou ser capitalista, banqueiro, comendador, barão!

Mas Álvaro jogou um balde de água fria antes de Martinho terminar de explicar o que tinha escrito:

— Basta, senhor Martinho — disse com mau humor. — O negócio está resolvido. A escrava está em poder do senhor Leôncio.

— Como assim? E os meus dez contos?

— Creio que não devo mais nada ao senhor.

Martinho soltou um urro de desespero. Tinha sido vítima da própria cobiça.

Capítulo 19
VINGANÇA CRUEL

— No tempo de Isaura, isto aqui estava sempre arrumado. Dava gosto entrar nesta sala. Agora, é esta bagunça. Bem se vê que você não serve para este serviço.

— E essa, agora, André! Se você tem saudade do tempo de Isaura, vá lá tirar ela do quarto escuro e do tronco.

— Cale a boca, Rosa. Olhe que você também pode ir parar lá.

— Eu não, que eu não sou fujona.

— Psiu! Bico calado! Aí vem nhonhô!

Cerca de dois meses tinham passado. Leôncio e Malvina tinham feito as pazes. Alguns escravos, entre eles Rosa e André, estavam lavando o chão, arrumando e espanando os móveis daquele rico salão, que estava fechado durante a ausência de Malvina.

Leôncio tinha posto Isaura na mais rigorosa prisão. Não fazia isso só para castigar a coitada. Ele sabia que Álvaro era rico e audacioso e teria os meios para atitudes extremas. Por isso, Leôncio encarcerou a escrava com todo o rigor. Botou de guarda todos os escravos, que daí em diante foram praticamente dispensados do trabalho na roça e viviam como soldados guardando uma fortaleza. Era uma atitude imprudente, porque a situação ia mal depois dos gastos astronômicos feitos por Leôncio para encontrar Isaura. Ele agora queria também se vingar de Isaura e do rival. Queria possuir o corpo da escrava, mesmo que uma vez só, e depois entregar a coitada, dizendo com desprezo: "Venha comprar a sua amada. Agora eu vendo, e barato..."

Fez novas promessas e seduções, seguidas de ameaças e castigos. Só não apelou para a violência brutal, porque sabia que Isaura ia resistir até morrer, e isso não ia servir para satisfazer nem o desejo nem a sede de vingança.

Por outro lado, Leôncio precisou se reconciliar com Malvina de qualquer jeito, pois dependia do dinheiro da família dela para escapar da falência. Se em geral ele já não cuidava da fazenda e dos negócios com muita competência, na busca de Isaura, tinha abandonado de vez a administração da fazenda. Com Isaura presa, foi para a Corte procurar Malvina.

Leôncio se mostrou envergonhado e arrependido e jurou apagar as lembranças anteriores com um comportamento de santo. Confessou, com falsa sinceridade, que tinha se iludido por algum tempo pelos atrativos de Isaura, mas que isso não tinha passado de um capricho.

Mentiu o que pôde sobre Isaura. Disse que ela é que procurava e provocava ele, se oferecendo em troca da liberdade. Inventou mil outras coisas e fez Malvina acreditar que Isaura tinha fugido de casa, seduzida por um conquistador que desejava a escrava sem eles saberem. Dizia que esse homem tinha dado o dinheiro para o pai de Isaura comprar a liberdade da escrava. Como o esquema não deu certo, combinaram tudo para o rapto. Na chegada ao Recife, um moço rico e desmiolado tinha se apaixonado por ela e substituído o primeiro amante. Foi das mãos desse moço que ele tinha recuperado Isaura no Recife.

Malvina era moça ingênua, sempre disposta a perdoar. Acreditou em tudo, como tinha acreditado nas mentiras de Rosa. Começou a sentir por Isaura um certo desprezo, misturado com compaixão.

— E o que você pretende fazer com Isaura? — perguntou Malvina.

— Vou arranjar um marido e dar a carta de liberdade para ela.

— Mas quem, Leôncio?

— Ora, quem?! O Belchior, meu jardineiro.

— Oh! Mas isso é crueldade, Leôncio. Belchior é um monstrengo! Para que dar a liberdade em tudo e não deixar a menina escolher um marido? Deixe ela casar com quem quiser!

— Aí ela não vai casar com ninguém: vai correndo para Pernambuco e fica lá muito assanhada nos braços do malandro, rindo de mim.

— E daí, Leôncio? — perguntou Malvina, desconfiada.

— E daí? É o mesmo que me perguntar se tenho vergonha na cara. Se você soubesse como ele me insultou e me ameaçou!

Vendo o marido tão indignado, Malvina acreditou outra vez. E aceitou o casamento de Isaura com Belchior.

Leôncio tinha preparado cuidadosamente esse plano cruel. Trouxe Miguel preso do Recife, juntamente com Isaura. Em Campos, fez Miguel ir para a cadeia, condenado a pagar todas as despesas e prejuízos da fuga de Isaura, orçados numa soma ainda maior do que todos os gastos. Miguel ficou sem nenhum recurso, e ainda por cima devendo uma soma enorme. Como Leôncio era rico, amigo dos ministros, as autoridades locais se prestaram a todas essas perseguições. Foi encontrar o pobre português na cela imunda:

— Senhor Miguel, venho propor um meio de acabar com os transtornos que a sua filha tem causado. Eu dou a liberdade, contanto que ela case com o marido que eu escolhi.

— Mas isso seria ingrato com o moço Álvaro. Ele nos protegeu e ama Isaura!

— O senhor pensa que ele está fazendo muito caso dela?

Nada disso, e a prova está aqui: leia esta carta... O patife tem a cara-de-pau de me escrever, como se fosse um velho amigo, dizendo que se casou! E ainda pede para avisar se um dia eu resolver vender Isaura, porque deseja comprar a sua filha para mucama da esposa!

Apresentou a Miguel então uma carta, com a letra imitando perfeitamente a caligrafia de Álvaro. Miguel ficou chocado e se dispôs a ouvir a proposta de Leôncio.

— Eu não só perdoo tudo o que o senhor me deve, como devolvo o que o senhor já me deu. O senhor abre um negócio aqui em Campos e vai viver tranquilamente o resto dos seus dias, em companhia da filha e do genro.

— E quem é esse genro, senhor Leôncio?

— É verdade... tinha esquecido de dizer. É o Belchior, o meu jardineiro. Conhece?

— Mas senhor! Duvido muito que Isaura vá querer casar com tal criatura...

Miguel não era homem para enfrentar a prisão, e a imagem da filha no tronco era para ele um fantasma apavorante. Não achou muito caro o preço que o desumano senhor cobrava para libertar Isaura e evitar a miséria da família, e aceitou o trato.

Capítulo 20
CASAR COM O MONSTRO OU MORRER

Isaura estava acorrentada pelo tornozelo num quarto escuro nas senzalas, desde a volta de Pernambuco. Miguel foi levado até lá por ordem de Leôncio. Pai e filha estavam pálidos e abatidos pelo sofrimento. Ao se encontrarem depois de dois longos meses, mais desgraçados do que nunca, ficaram abraçados por um longo tempo.

Miguel explicou a proposta de Leôncio, dizendo que era um sacrifício cruel, mas pior era a morte.

— É verdade, meu pai: o meu carrasco me faz escolher entre duas prisões, mas eu ainda não sei qual é pior. Dizem que eu sou linda. Me educaram como uma rica herdeira. Me deram o sentimento do pudor e da dignidade da mulher. Sou uma escrava que faz muita moça formosa se morder de inveja. E para que, meu Deus? Para ser dada de presente a um idiota!

Soltou uma risada convulsiva e estranha. Miguel tentou consolar a filha:

— Belchior não é tão disforme como parece. Quando você sair daqui, o ar da liberdade vai trazer de volta a sua alegria e, mesmo com esse marido, você vai poder viver feliz.

— Feliz? Não me fale em felicidade, meu pai. Se ao menos eu não amasse ninguém! Mas ai de mim! Será que Álvaro ainda se lembra da pobre e infeliz cativa?

— Eu queria poupar você de mais esse desgosto, minha filha, mas você precisa saber: ele está casado. Leia esta carta.

— Estou morta, meu pai! — disse Isaura quando terminou de ler. — Façam de mim o que quiserem...

Miguel tinha um coração bom, mas não entendia as grandes paixões. Encarando a vida pelo lado material, e não pelas exigências do coração, conseguia ter esperanças de dias mais felizes para a filha. Não percebia que o coração de Isaura ia ser esmagado se ela fosse obrigada a se casar naquelas condições.

Malvina esperava no salão o resultado da conversa de Miguel e Isaura. A jovem senhora sentiu um aperto no coração ao ver aparecer na porta o vulto de Isaura, apoiada no braço de Miguel, desfigurada, os cabelos em desalinho, passos inseguros.

Mesmo assim, a cativa ainda era bela. Malvina teve que enxugar duas lágrimas, e só continuou o plano de Leôncio porque lembrou das mentiras que Rosa e o marido tinham contado para ela sobre a pobre Isaura.

— Então, Isaura, você já decidiu? Aceita o marido?

Isaura abaixou a cabeça e cravou os olhos no chão.

— Sim, senhora — respondeu Miguel por ela.

— Muito bem, Isaura. Assim, você mostra que tem juízo. André, vá chamar o senhor Belchior. Quero ter o prazer de anunciar que ele vai realizar um sonho. Creio que o senhor Miguel também vai ficar satisfeito. Não é pouca coisa sair do cativeiro e se casar com um homem branco e livre. Isaura, para provar que desejo o seu bem, quero ser madrinha deste casamento, que vai acabar com os seus sofrimentos e devolver a paz a esta casa.

Dizendo isso, Malvina abriu um cofre de joias e tirou um pesado colar de ouro, que foi colocar no pescoço de Isaura.
— Aceite isto, Isaura — disse ela. — É o meu presente de noivado.
— Agradecida, minha boa senhora! — disse Isaura. E pensou: "É a corda que o carrasco coloca no pescoço da vítima".
Neste momento, vinha entrando Belchior, acompanhado por André. Malvina deu a notícia:
— Isaura está resolvida a casar com o senhor. Esteja pronto. O casamento é amanhã, aqui em casa mesmo.
Belchior se jogou aos pés de Malvina e depois aos pés de Isaura.
— Ó princesa do meu coração! — exclamou ele, agarrando as pernas da pobre escrava, que, fraca como estava, quase caiu.
"Meu Deus! Que palhaçada amarga me obrigam a representar!", pensou Isaura, e, olhando para o outro lado, deu a mão a Belchior, que desatou a chorar como uma criança.

Capítulo 21
A SALVAÇÃO

— Então, Leôncio — dizia Malvina ao esposo no outro dia —, está tudo pronto?
— Pela centésima vez, sim — sorriu Leôncio. — Ontem mesmo mandei um enviado a Campos, e logo estão aí o padre e o tabelião para passar a escritura da liberdade de Isaura. Não esqueci de nada.
Leôncio estava radiante. Com o casamento, Malvina se tranquilizava. Miguel agora dependia da boa vontade de Leôncio para não ir novamente para a cadeia, pois a dívida só estava perdoada de boca. Leôncio também ia manter sob controle o jardineiro. Depois, o tempo e a insistência iam acabar amansando Isaura, ainda mais que, comparado com Belchior, o belo e jovem fazendeiro ia sempre parecer melhor. Enquanto isso, a escrava recebia o castigo.
Por outro lado, ele precisava que o casamento acontecesse,

porque Malvina não ia fazer as pazes de vez com o marido enquanto Isaura continuasse cativa na fazenda. Leôncio não ia se importar com a mulher, se os negócios não estivessem arruinados. Precisava de auxílio externo para salvar as finanças, e o sogro era a única pessoa capaz de evitar o desastre. Por amor à filha, o velho ia fazer de tudo para evitar a ruína do genro.

Outros problemas também iam se resolver com o casamento de Isaura com Belchior. Com Isaura casada, Álvaro ia desistir dela para sempre, pois o rapaz seria incapaz de seduzir uma mulher casada.

Leôncio estava pensando em como tinha sido esperto, quando André entrou na sala:

— Meu senhor, aí estão uns cavalheiros que pedem licença para entrar.

— Ah! — disse Leôncio. — São as pessoas que mandei chamar, o vigário, o tabelião e outros... Ótimo! Diga que podem entrar.

André saiu. Leôncio tocou uma campainha, e Rosa apareceu.

— Rosa, vá chamar sinhá Malvina e Isaura, e o senhor Miguel e Belchior. Já devem estar prontos. Quero todos aqui.

Na porta do salão, surgiu um jovem cavalheiro, em elegante roupa de viagem, acompanhado de mais quatro pessoas. Leôncio parou de repente.

— Senhor Leôncio! — disse o cavalheiro.

— Senhor Álvaro, não? — perguntou.

— Eu mesmo, um seu criado.

— Ah, que prazer... não esperava sua visita... Queira sentar... quis então vir dar um passeio pela nossa província?

Leôncio aproveitava a conversa banal para se refazer da perturbação causada pela inesperada aparição de Álvaro, logo naquele momento crítico.

No mesmo instante, Malvina, Isaura, Miguel e Belchior entravam no salão. Vinham já vestidos para a cerimônia do casamento.

— Meu Deus! Não pode ser! — murmurou Isaura, sacudindo o braço de Miguel. — É ele, meu pai!

— É ele mesmo... Deus!

— Oh! — suspirou Isaura, e, neste simples suspiro, jogava para fora toda a dor que pesava sobre aquele coração. Uma leve cor iluminou o rosto que se mostrava pálido e triste: era a luz da esperança, que se acendia nas faces de quem estava prestes a ser condenada para sempre.

— Não esperava pela honra de ter o senhor hoje nesta casa — continuou Leôncio, recuperando aos poucos o sangue-frio e o ar arrogante. — Entretanto, permita que felicite a mim e ao senhor por uma visita tão oportuna.

— Sim? Fico feliz, mas o senhor vai ter a bondade de me dizer por quê?

— Com muito gosto. Saiba que aquela escrava que o senhor protegeu em Pernambuco vai ser hoje mesmo libertada para casar com um homem de bem. O senhor chegou em boa hora de presenciar a realização dos desejos humanitários que eu tinha a respeito da escrava.

— E quem está dando a liberdade para ela? — perguntou Álvaro, sorrindo ironicamente.

— Quem mais senão eu, o legítimo senhor dessa escrava? — respondeu Leôncio.

— Pois o senhor não pode mais fazer isso — disse Álvaro com firmeza. — Essa escrava não pertence mais ao senhor.

— Como não me pertence?! — gritou Leôncio, levantando num pulo. — O senhor está delirando?

— Não — respondeu Álvaro com toda a calma. — E repito: essa escrava não é mais do senhor.

— E quem se atreve a me privar do direito que eu tenho sobre ela?

— Os seus credores — respondeu Álvaro, sempre com a mesma firmeza. — Esta fazenda, com todos os escravos, a casa, os ricos móveis e a louça, e até as suas roupas, nada disso pertence mais ao senhor. Veja — continuou, mostrando um maço de papéis —, tenho aqui em minhas mãos toda a sua fortuna. As dívidas do senhor ultrapassam em muito as suas posses. Sua ruína é completa, e todos os seus bens vão ser tomados imediatamente, agora mesmo.

A um aceno de Álvaro, o escrivão que veio junto apresentou a Leôncio o mandado de sequestro e execução dos bens do fazen-

deiro. Leôncio, pegando o papel com a mão trêmula, passou rapidamente por ele os olhos brilhantes de raiva.
— Não podem fazer isso! Será que eu não posso salvar minha honra e meus bens de algum jeito?
— Os credores já gastaram toda a paciência possível com o senhor. Saiba também que hoje o seu principal credor, talvez o seu único credor, sou eu. Quase todos os seus títulos de dívida me pertencem, e eu não estou disposto a aceitar mais adiamentos. Entregar os bens é o que o senhor pode fazer. Qualquer manobra que tentar vai ser inútil.
— Maldição! — gritou Leôncio.
— Meu Deus! Que desgraça! Que... vergonha! — exclamou Malvina, soluçando.

Capítulo 22
LIVRE PARA A FELICIDADE

Depois que Isaura foi levada do Recife, Álvaro caiu no desespero. Doutor Geraldo dizia que era melhor ele esquecer Isaura.
— Tudo o que você fizer — dizia Geraldo — vai ser loucura. Você quase foi preso. Daqui em diante vai ser pior, eu garanto.
Álvaro procurou desistir desse amor, mas foi em vão. Depois de um mês de luta consigo mesmo, Álvaro compreendeu que nada podia apagar da lembrança a imagem da escrava. Ela aparecia nos sonhos do rapaz, ora deslumbrante, como na noite do baile, ora pálida, com os pulsos algemados, com os olhos suplicantes como que a dizer que só ele podia quebrar aqueles ferros.
Partiu para o Rio de Janeiro, sem saber o que fazer. Ia se informar sobre Leôncio e investigar se existia um jeito de obrigar o senhor de Isaura a libertar a amada. Desembarcou na Corte, mas, antes de ir para Campos, procurou no comércio algumas informações a respeito de Leôncio.
— Ah, conheço muito bem! — disse logo o primeiro homem de negócios. — Esse moço está falido, arruinado. Se o senhor também é credor dele, pode se preparar. Mesmo se ele vender tudo, cada credor, com sorte, vai receber a metade do que tem direito.

Álvaro teve uma ideia.
— E o senhor, por acaso, é também credor desse fazendeiro? — perguntou.
— Infelizmente, e um dos principais...
— E de quanto será a fortuna do tal Leôncio?
— Nada, hoje em dia; ele deve o dobro do que valem os bens.
— Mas essa dívida mesmo, de quanto é?
— Uns quinhentos contos. A fazenda, com escravos e tudo, não vale duzentos. Já demos a ele todos os prazos. Agora, é executar a dívida e diminuir o prejuízo.
— E o senhor pode me indicar quem são os outros credores?
— E por que não? — e deu a Álvaro os nomes e endereços dos credores.

A fortuna de Leôncio vinha diminuindo desde os últimos anos da vida do pai. A má administração diminuiu as colheitas e aumentou as dívidas. Com a morte do comendador, as coisas só pioraram.

Leôncio vê nos papéis que perdeu tudo.

Leôncio gastava sem cálculo nem previsão. Com os enormes custos da procura por Isaura em todos os cantos do Império, em pouco tempo faliu. Quando os credores acordaram, a situação era aquela que Álvaro tinha acabado de conhecer.

Álvaro ofereceu aos credores de Leôncio metade do valor dos créditos, em troca dos títulos. Disse não pretender humilhar o infeliz fazendeiro. Álvaro era dez vezes mais rico do que o adversário, e ia dar de bom grado uma soma igual a toda a fortuna de Leôncio pela liberdade de Isaura em condições amigáveis. Mesmo tendo nas mãos o arrogante rival, Álvaro continuava generoso.

Os credores aceitaram a proposta imediatamente. Preferiam metade do dinheiro na mão do que esperar para receber em escravos e bens que valiam menos da metade da dívida.

Dono de toda a fortuna de Leôncio, Álvaro partiu para Campos a fim de tomar posse dos bens. Com toda a papelada, foi com um escrivão e dois oficiais de justiça para a casa de Leôncio para dar pessoalmente a notícia fatal.

— Maldição! — Leôncio arrancava os cabelos em desespero. Atordoado e quase louco, ia sair correndo.

— Espere um pouco, senhor — disse Álvaro, segurando Leôncio pelo braço. — O que ia fazer com a escrava?

— Dar a liberdade, já disse — rosnou Leôncio.

— E acho que o senhor também me disse que ela ia casar. Desculpe a pergunta, mas ela estava de acordo com isso?

— Oh, não!... eu estava sendo obrigada! — exclamou Isaura, decidida.

— É verdade, senhor Álvaro — disse Miguel. — O senhor Leôncio impôs a condição de ela casar com aquele pobre homem que está ali — disse Miguel, apontando para Belchior.

— Com aquele homem?! — exclamou Álvaro, olhando para Belchior.

— Sim, senhor — continuou Miguel —, senão, ia passar o resto da vida num quarto escuro, com o pé preso numa corrente, que é como ela estava desde que chegou do Recife.

— Carrasco! — gritou Álvaro.

— Oh, que vergonha, meu Deus! — exclamou Malvina, escondendo o rosto.

— Pobre Isaura! — disse Álvaro, comovido, abrindo os braços. — Venha cá... Eu prometi livrar você da opressão. Foi uma missão santa, e Deus, enfim, pelas minhas mãos, vinga a inocência e a virtude oprimida e esmaga o carrasco.

— Chega, senhor! — gritou Leôncio, furioso. — Isso não passa de uma infâmia, uma ladroeira...

— Isaura! — continuou Álvaro com voz firme e grave. — Agora eu tenho nas mãos todas as propriedades dele e passo tudo para você. Isaura, hoje você é a senhora, e ele é o escravo. Se ele não quiser mendigar, vai ter de apelar para a nossa generosidade.

— Como o senhor é bom e generoso! — exclamou Isaura, aos pés de Álvaro. — Mas, de joelhos, eu peço o perdão para eles...

— Levante, Isaura! — disse Álvaro, estendendo as mãos. — É em meus braços, aqui bem perto do meu coração, que você deve ficar, pois não me importam todos os preconceitos do mundo: eu me considero o mais feliz dos mortais por poder me oferecer para seu marido!

— Senhor Álvaro — gritou Leôncio, desvairado —, você tem tudo o que é meu. Está vingado, mas eu juro, nunca vai ter o prazer de me ver implorando.

Dizendo isso, entrou às pressas numa saleta ao lado.

— Leôncio! Aonde você vai? — exclamou Malvina, correndo para a porta. Todos ouviram um tiro.

—Ai!... — gritou Malvina, e desmaiou.

Leôncio tinha estourado a cabeça com um tiro de pistola.

FIM

DEPOIS DA LEITURA

Este livro faz parte da coleção "É só o Começo", destinada a novos leitores jovens e adultos, recém-alfabetizados ou alfabetizados há mais tempo. O objetivo da coleção é diminuir a distância entre o leitor e o livro. Textos originais da literatura brasileira foram adaptados, reduzidos e enriquecidos com notas históricas, geográficas e culturais, inclusive mapas, para auxiliar na leitura e na compreensão do texto. Dados sobre a obra, a época em que foi escrita, o autor e também sobre os personagens são apresentados com este mesmo fim: a aproximação prazerosa do leitor com o texto escrito.

Mas a leitura de um texto pode e deve ir além de tudo isso. Assim, para depois da leitura, oferecemos a você — leitor, animador cultural, professor, participante dos mais diferentes grupos — algumas ideias para pensar e para saber mais sobre o tema tratado no livro. São sugestões que você poderá utilizar se quiser e como quiser: elas podem se transformar num bom bate-papo, num debate em grupo, num assunto para pesquisa ou num tema de redação. Você escolhe. Você inventa.

No caso das sugestões de outros livros, vídeos, filmes e sites da internet, sabemos que nem sempre todos terão acesso a esses materiais. Mas fica a sugestão. Talvez você encontre na sua região outros livros, outras imagens e outras músicas relacionados com a obra lida. O importante é que você possa ir além do texto, debatendo temas inspirados na obra, buscando novas fontes para pensar mais sobre o assunto e estabelecendo relações entre o livro e outros modos de contar histórias, como os do rádio e da televisão, por exemplo. Acreditamos que esse seja um bom começo para jovens e adultos sentirem a felicidade de embarcar na viagem das letras e — quem sabe? — aguçarem a curiosidade para buscar o texto original das histórias adaptadas, visitar bibliotecas, contar e criar histórias suas, encantar-se com a palavra e a imaginação.

PARA PENSAR

1. ESCRAVIDÃO E RACISMO

O tráfico de escravos começou em nosso país por volta de 1540: milhões de africanos foram comprados para trabalhar nas lavouras de cana-de-açúcar e nas casas-grandes deste Brasil. A luta pela abolição da escravatura envolveu muitos líderes negros, muitos políticos e intelectuais. Em 1850, terminou o tráfico de escravos, mas só em 1888 é assinada a Lei Áurea, pela Princesa Isabel. Mesmo assim, até hoje a sociedade brasileira enfrenta vários problemas de discriminação em relação aos negros, chamados agora de "afro-brasileiros". O romance *A escrava Isaura* conta a história de uma "escrava branca". Muitos homens se sentem atraídos por Isaura e se perguntam se ela seria uma espanhola, uma italiana, uma europeia. A mãe de Isaura aparece como "mulata". Outras escravas da fazenda do senhor Leôncio são apresentadas como "crioulas" ou "negras".

Afinal, quais são as "cores" dos brasileiros? Que outros nomes existem para mostrar as diferenças de cor da pele em nosso país?

Que importância tem debater as cores dos brasileiros em nossos dias? O que isso tem a ver com racismo? E o que tem a ver com a luta por direitos iguais entre as pessoas?

Em que lugares, em que situações ainda é possível ver que o negro é discriminado?

Você já ouviu falar ou leu algo sobre "movimentos negros" no Brasil de hoje? Você gostaria de saber mais sobre esses movimentos?

No capítulo 15 do livro, o personagem Geraldo conversa com Álvaro, que é apaixonado por Isaura. Geraldo afirma: "A lei só vê no escravo um bem; não um ser humano. O proprietário é senhor absoluto do escravo, e isso só muda se ele der alforria ou vender o escravo, ou se a liberdade ficar provada na justiça". Será que nos dias de hoje ainda existe isso, gente que trata o outro como se fosse sua propriedade?

2. AS OPOSIÇÕES ENTRE CORPO E ESPÍRITO

Na história da escrava Isaura, várias passagens do texto mostram as oposições: entre rico e pobre, bom e mau, belo e feio, inteligente e "burro". O grande problema para as pessoas em torno de Isaura era o seguinte: como uma escrava podia ser bonita e inteligente, como é que aquela mulher podia ter ao mesmo tempo "uma alma de anjo", "um espírito dócil" e um "corpo de escrava"? Belchior, o jardineiro do senhor Leôncio, é descrito como um ser humano disforme e desprezível, por ter um corpo feio e diferente; parece alguém que não é humano.

PARA PENSAR

Em nossos dias, em todos os lugares, especialmente nos meios de comunicação, fala-se muito na beleza do corpo, na obrigação de ser magro, bonito, "malhado". Artistas de novela mostram como aumentar seios, como diminuir barriga, como ser eternamente jovem. Alguns dizem que agora somos escravos da beleza. Que você acha disso?

As pessoas que têm corpos diferentes, com algum problema físico, sofrem muita discriminação. Você conhece casos como o do jardineiro Belchior? Como nossa sociedade trata essas pessoas?

As novelas da televisão brasileira sempre têm o grupo dos ricos e o grupo dos pobres, o grupo dos bons e o grupo dos maus. Você gostaria de comentar alguma novela, falar sobre os personagens — homens, mulheres e crianças — que aparecem como bons ou como maus, ricos ou pobres, na TV?

3. MULHERES, EDUCAÇÃO E TRABALHO

Isaura, uma escrava branca, aprendeu a ler e a escrever, estudou italiano e francês, aprendeu até música, como acontecia com as filhas dos senhores. Os rapazes iam estudar para ser médicos e advogados, muitos eram mandados para universidades da Europa. No Brasil de hoje, essa situação é bem diferente. Poucas pessoas negras e pobres chegam até a universidade, mas já diminuiu bastante a diferença na educação escolar de homens e mulheres. Mesmo assim, em muitos casos, o salário das mulheres continua menor, se comparado com o dos homens.

Na sua comunidade, na sua casa, como acontece a divisão de trabalho entre homens e mulheres? Quem são os chefes de família? Há atividades e trabalhos diferentes para homens e mulheres? Um trabalha mais que o outro?

Você acha que as mulheres ainda são preparadas para uma profissão diferente da profissão que é esperada para os homens?

4. ASSÉDIO SEXUAL ÀS MULHERES

Vários personagens do livro se encantam com Isaura e passam a fazer assédio à escrava. Ela é desejada por todos, por ser bonita, por ser dócil, por ser inteligente, por ser boa, por ter "alma nobre". Como é escrava e tem todas essas qualidades, os homens enlouquecem por ela. Isso é motivo para que ela não consiga ficar em paz. Isaura chega a se perguntar de que adianta ser bonita, se é para sofrer com as perseguições e o assédio dos homens.

No seu dia a dia, em casa, na rua, no trabalho, na escola, nas festas, como acontece a relação entre homens e mulheres? Você já teve oportunidade de ver cenas de assédio sexual a mulheres? Já soube de homens tratando as mulheres sem respeito, com violência?

O que você acha que é necessário para melhorar a relação entre homens e mulheres, considerando tantos casos de violência e assédio sexual?

Você conhece órgãos públicos, organizações não-governamentais ou outras entidades que defendem as mulheres desse tipo de violência? O que você acha desse trabalho? Que outras ideias você poderia sugerir para as pessoas que atuam nessa luta?

PARA SABER MAIS

FILMES

Chico Rei (1985), de Walter Lima Jr. Em meados do século 18, Galanga, rei do Congo, é aprisionado e vendido como escravo. Trabalhando em uma mina, esconde pepitas de ouro no corpo e nos cabelos, compra sua alforria, adquire uma mina e associa-se a uma irmandade para ajudar outros escravos a comprarem sua liberdade.

Barravento (1961), de Glauber Rocha. Apesar de libertos, um grupo de negros pescadores vive dominado pelo misticismo religioso. Revoltam-se contra o patrão e Iemanjá, que consideram responsáveis por sua miséria.

Xica da Silva (1976), de Cacá Diegues. Na rica Diamantina do século 18, durante o ciclo do ouro, a escrava Xica da Silva usa sua sensualidade para conquistar a alforria e tornar-se a rainha do diamante.

Quilombo (1984), de Cacá Diegues. Baseado em fatos reais, conta a história de negros fugidos e escravos libertos que vivem coletivamente. Zumbi, negro escravizado e catequizado, foge para Palmares, o mais famoso dos quilombos, onde vive até que os brancos destroem o local.

LIVROS

Casa grande & senzala. Gilberto Freyre. Rio de Janeiro: José Olympio, 1975. Livro de análise da formação da sociedade brasileira, que defende a ideia de que a mistura das raças foi benéfica para o Brasil.

Ser escravo no Brasil. Kátia de Queiroz Mattoso. São Paulo: Brasiliense, 1982. Estudo sobre a vida dos escravos no país.

PARA SABER MAIS

Servidão negra. Mario José Maestri Filho. Porto Alegre: Mercado Aberto, 1988. Estudo crítico sobre o trabalho escravo, apresenta uma visão realista das condições de vida e trabalho dos escravos e de suas permanentes lutas contra a escravidão.

O que é racismo? Joel Rufino. São Paulo: Brasiliense, 1984. Entendendo o racismo como uma atitude de agressão, o autor demonstra em números e fatos a brutalidade vivida pelos não-brancos no mundo ocidental até os dias atuais. Aponta a existência e as modalidades do racismo brasileiro e denuncia a introjeção do racismo pelas suas próprias vítimas.

"Pai contra mãe" (conto). No livro *Contos*, de Machado de Assis. Porto Alegre: L&PM, 1998. História de um caçador de escravos, pobre, que caça uma escrava que está grávida, denunciando o horror da vida social dos miseráveis no Brasil.

O trato dos viventes. Luiz Felipe de Alencastro. São Paulo: Companhia das Letras, 2002. Mostra que a colonização portuguesa, baseada na escravidão, construiu um espaço social e econômico que aproximou a América portuguesa e Angola, regiões unidas pelo oceano num só sistema de exploração colonial que deixará marcas no Brasil da atualidade.

Em costas negras. Manolo Florentino. São Paulo: Companhia das Letras, 1997. Representando uma nova abordagem para os temas relacionados à escravidão, o autor aponta a necessidade de voltar-se para o continente africano na tentativa de compreender os processos históricos brasileiros.

Poemas de Castro Alves, Oliveira Silveira, Solano Trindade e Luís Gama, poetas dedicados aos temas da vida dos negros no Brasil.

SITES
http://www.geledes.org.br
Oferece assistência jurídica em casos de racismo, além de aconselhamento psicológico. Traz informações sobre eventos e campanhas assim como textos sobre a violência contra a mulher negra e sobre a participação política desse grupo no Brasil.

http://www.iets.org.br
O Instituto de Estudos do Trabalho e Sociedade (IETS) traz informações sobre indicadores de desigualdade racial no país, notícias, eventos, acervo de teses e artigos, campanhas e atividades sobre políticas sociais, distribuição de renda e desenvolvimento, produzindo projetos de pesquisa e cooperação técnica com empresas privadas, com entidades governamentais e com o Terceiro Setor.